LE TRIPODE

Littératures ■ Arts ■ Ovnis

MORT AUX GIRAFES

Pierre Demarty

MORT AUX GIRAFES

roman

LE TRIPODE

D'une certaine façon, il existe des êtres qui ne se développent pas : il n'est pas de leur nature, ni de leur volonté, de le faire. De sorte que parler trop longuement d'eux reviendrait à leur faire la même injure probable que la vie, lorsqu'elle dure inutilement. Ils occupent donc l'espace d'un court récit. Après quoi, nous n'avons plus nous-même, à notre tour, qu'à plier bagage.

FRÉDÉRIC BERTHET

Peu de vies méritent d'être vécues, d'accord, la chose est entendue, mais de là, pour ainsi dire par excès de zèle, à se priver prématurément de celle dont chacun d'entre nous dispose, je ne sais pas, on peut s'interroger, c'est un vieux débat auquel personne à ce jour n'a encore réussi à mettre un point final, et il y a fort à douter que le sort pourtant édifiant de Frédéric Berthet puisse nous aider à résoudre cette épineuse querelle, d'autant que nous sommes en mesure d'affirmer aujourd'hui, avec une assurance que seul un infime mais tenace dernier scrupule dicté par un souci de prudence et de probité nous interdit de nommer certitude, que sa mort, des suites de sa pendaison à la poutre d'entrait du plafond à ferme apparente de la chambre numéro 16 de l'hôtel de Trêve à Bar-le-Duc dans laquelle il fut retrouvé, bleu comme une fourme et la langue elle aussi pour une fois bien pendue, aux environs de 8 heures du matin, le dimanche 9 janvier 2011, jour de la Sainte-Alix, n'était liée en rien, contrairement à ce qu'on a longtemps cru, à l'affaire Flamurd ni à aucun de ses protagonistes et qu'il s'agissait bel et bien en réalité, tout bêtement, d'un simple suicide, non assisté de surcroît, dont on ne saurait tenter d'éclaircir un tant soit peu les motivations donc strictement personnelles et passablement obscures (comme le sont assez souvent les motivations des gens, cela dit, notamment lorsqu'ils se pendent) qu'au moyen d'un léger retour en arrière, en reprenant les choses au moment par exemple où Frédéric Berthet, trois jours plus tôt, s'était présenté à l'accueil de l'hôtel de Trêve, où sa mise cependant, non plus que sa mine ou son comportement, n'avait pas le moins du monde suscité la suspicion d'Olivier Chaume, le gardien de nuit, lequel venait tout juste de prendre son service et devait déclarer, au fonctionnaire de la maréchaussée qui recueillerait sa déposition huit jours plus tard, le lundi 17 janvier 2011, jour de la Saint-Théodose, à l'antenne de gendarmerie de la préfecture de la Meuse, 40 rue du Bourg, 55 000 Bar-le-Duc, que Frédéric Berthet lui avait fait l'effet d'un type tout ce qu'il y a de plus ordinaire, je veux dire un type sans histoire, ni grand ni petit, ni gros ni maigre, dépourvu de tout signe distinctif, sans barbe ni pied bot, pas même le moindre petit bec-de-lièvre et nez normal aussi, pas camus ni aquilin ni rien, cernes lourds, visage triste, bref, un type ordinaire, seul et désespéré comme on en voit défiler des flopées toute l'année dans notre établissement et pour qui j'imagine se pendre dans une chambre d'hôtel est à peu près le seul moyen de ne pas passer inaperçu au moins une fois dans leur existence, quitte pour ce faire à mettre un terme à celle-ci, un type qui ne nous avait donc pas paru, à moi-même ni à madame Trêve, se démarquer du commun des mortels par une disposition excessivement joyeuse et confiante en la vie, certes, mais dont rien ne laissait pour autant présager qu'il allait, trois jours à peine après son arrivée, et sans même mettre ceux-ci à profit, personne à ma connaissance ne l'ayant vu quitter une seule fois sa chambre au cours de ces quelque soixante-douze heures, pour partir à la découverte de notre pimpante et trop peu connue cité ducale, en allant se promener par exemple sur les berges de l'Ornain, quoique les conditions climatiques en cette frisquette période de l'année ne se prêtassent évidemment guère au badaudage, ou en allant visiter le château de Marbeaumont, qui avant d'être racheté par les prospères banquiers de la dynastie Varin-Bernier puis rendu au domaine public afin d'accueillir les locaux de l'actuelle médiathèque Jean-Jeukens abrita jusqu'au XVIIIe siècle, on le sait trop peu, les bernardines de l'abbaye de Sainte-Hoïlde, ou encore la tour Heyblot, tenez, superbe vestige semi-circulaire des fortifications médiévales édifiées juste à l'ouest du quartier Renaissance, dont les murs affichent une épaisseur de soixante-dix à quatre-vingt-quinze centimètres, soit l'équivalent de deux tibias humains adultes mis bout à bout, excusez du peu, et dont les ouvertures rectangulaires sont garnies de corbeaux tandis qu'on devine encore en contre-face l'entame d'une courtine, ou pourquoi pas la moins fréquentée mais paraît-il tout aussi intéressante maison dite des deux Barbeaux, à propos de laquelle j'ai bien peur toutefois de ne pas savoir grand-chose pour le coup, sinon qu'elle fut ainsi baptisée en hommage à l'écrivain du cru André Theuriet qui la décrit sous ce nom dans l'un de ses romans dont j'ai également tout oublié, du titre jusqu'à l'intrigue, si tant est qu'il y en eût une, non, vraiment rien, disais-je donc, poursuivit Olivier Chaume, le gardien de nuit, ne laissait penser *a priori* que ce type, Frédéric Berthet (au demeurant fort civil, peu bruyant et en tout point respectueux des quelques consignes élémentaires auxquelles madame Trêve et moi-même demandons à notre aimable clientèle de bien vouloir se conformer pour le confort et la tranquillité de tous), allait détourner de leur fonction première les draps de son lit pour s'en faire (avec une dextérité je dois dire assez admirable en la circonstance, car essayez, vous verrez, il n'est pas si aisé qu'on pourrait le croire, à force de regarder des séries télévisées carcérales, de transformer de la literie en potence) une longue corde tressée, attacher solidement l'une des extrémités de celle-ci autour de la poutre d'entrait du plafond à ferme apparente de la chambre numéro 16 de notre modeste mais digne établissement (au sein duquel nous avons eu bien sûr plus d'une fois l'occasion au fil des années d'être confrontés à certains désagréments somme toute assez usuels dans notre métier, de l'intoxication alimentaire nécessitant le recours aux coûteux services d'une entreprise spécialisée dans le décapage de moquette par procédé d'injection-extraction au déclenchement accidentel de l'alarme incendie en passant par légion de menus mais agaçants pépins quotidiens tels qu'ampoule pétée, tuyauterie engorgée ou récriminations liées à l'affaissement de nos matelas en mousse à mémoire de forme dont il va tout de même falloir songer à renouveler le parc un de ces jours, c'est vrai, mais un décès non, je dois dire que celle-là on ne nous l'avait encore jamais faite) puis s'enrouler l'autre autour du cou en un nœud coulant lui aussi fort savamment réalisé (et qui conduirait d'ailleurs les pompiers venus décrocher le pauvre type, qu'on ne prit même pas la peine de tenter de ranimer puisqu'à l'évidence il était trop tard (sa pâleur cireuse ainsi que les vingt-trois petits degrés Celsius en deçà desquels il fut rectalement établi par le médecin du SAMU appelé en inutile renfort que sa température corporelle avait déjà chuté ne laissaient planer sur ce point aucun doute), à conclure que son geste avait été exécuté avec une tout aussi froide et manifeste résolution portant à soupçonner qu'il avait été prémédité de longue date) avant de grimper sur une chaise et ensuite, Monsieur le Commissaire, vous qui êtes en quelque sorte de la partie, je pense qu'il est inutile de vous faire un dessin, non, vraiment, disais-je donc, continua de poursuivre Olivier Chaume, tout professionnels que nous soyons et entraînés à flairer l'hôte louche, nous n'avons rien vu venir, madame Trêve ni moi-même, le soir où ce type, Frédéric Berthet, s'est présenté chez nous, à une heure je vous l'accorde inhabituellement tardive mais après tout rien n'empêche les gens de descendre dans un hôtel à l'heure qui leur chante, nous, du moment qu'ils montrent patte blanche et passeport ou tout autre titre d'identité et qu'ils s'acquittent sans barguigner de la taxe de séjour et de la caution préalable par saisie d'empreinte bancaire (même si, devions-nous songer un peu plus tard, madame Trêve et moi-même, une fois le cadavre et les pompiers partis (quoique sans nous l'avouer à voix haute, car il eût été d'un goût plus que douteux, eu égard à la gravité de la situation, n'est-ce pas, de se soucier dans de telles circonstances de ce genre de considérations bassement pécuniaires), on se demandait bien qui allait payer la note de ces trois nuitées brutalement soldées), nous ne sommes pas là pour questionner ni juger, la discrétion étant l'un des maîtres-mots de notre profession et nous nous enorgueillissons, madame Trêve et moi-même, de faire preuve sur ce chapitre de la plus pointilleuse diligence, quoique bien entendu il arrive souvent, et comment faire autrement, qu'on se laisse aller à la curiosité concernant certains des spécimens les plus exotiques de notre clientèle, je songe notamment à cette vieille Vénézuélienne verruqueuse et emperruquée qui débarqua le 18 juin 1992 avec un wombat empaillé sous le bras, ou au bassiste manchot du groupe de gwerz-metal quimpérois Apocalypse Bigouden de passage pour un concert exceptionnel à la salle polyvalente La Barroise le 18 juin aussi mais 2003 qui n'avait pas pu être logé avec ses bruyants petits camarades à l'Accor Bernanos Palace suite à une bévue de la stagiaire du service des réservations, ou encore, pas plus tard que le surlendemain de la découverte de notre pendu, à cet olibrius d'un autre acabit, en imperméable mastic et chapeau feutre trop grand, trop mou, qui paraissait vouloir se donner des airs de détective privé et dont je me souviens d'ailleurs qu'il glissa sur le comptoir, d'un geste ridiculement furtif, comme s'il craignait d'avoir été lui-même pris en filature par quelque sanguinaire sbire à la solde de je ne sais quelle phalange armée du grand banditisme albanais, une carte de visite confirmant la chose (qu'il était détective privé, veux-je dire, pas pourchassé par des mercenaires monténégrins), sur laquelle on pouvait lire un nom lui aussi tout à fait grotesque, Yvon Castropade, je m'en souviens très bien, comme je me rappelle avoir pensé qu'il sentait, ce nom, le postiche à plein nez, ou le pastiche, je ne sais jamais, or croyez-moi, au bout de trente ans de métier et des poussières (surtout des poussières), sans vouloir m'amidonner du col, je suis devenu assez fin limier pour ce genre de choses, mais peu importe, toujours est-il que ce soi-disant détective fila aussitôt sans demander son reste ni se donner la peine lui non plus d'aller au Musée barrois, 7 rue François-de-Guise, 55 000 Bar-le-Duc, admirer les œuvres du sculpteur sammiellois de la Renaissance Ligier Richier ou le zémi du XIIe siècle qui constitue pourtant l'un des joyaux de nos institutions culturelles locales en même temps que l'un des rares vestiges de l'art funéraire du peuple taïno des Antilles hélas aujourd'hui disparu, mais mieux encore, tenez-vous bien, sans même prendre possession de la chambre qu'un tiers non identifié avait réservée pour lui la veille une fois qu'il eut eu vent (par Solveig, la fille de madame Trêve, qui, ayant été la première à découvrir le drame, puisque c'est elle qui est préposée à l'apport, tous les matins, du plateau de petit déjeuner à ceux de nos hôtes qui préfèrent se sustenter dans le confort et l'intimité de leur chambre plutôt que de fréquenter la salle de restauration commune pourtant fort chaleureuse, était assez secouée et ne s'était pas fait prier pour se délester du fardeau de son bien compréhensible émoi en le livrant au premier faux représentant venu des forces de l'ordre), une fois qu'il eut eu vent, donc, disais-je, ce navrant ersatz de Poirot à l'allure moyennement herculéenne, de cette histoire de pendaison, l'air affligé comme s'il avait été un proche parmi les proches du triste sire suicidé l'avant-veille à la poutre d'entrait du plafond à ferme apparente de la chambre numéro 16 de notre établissement, enfin tout cela était assez déconcertant, je dois bien l'admettre, même pour quelqu'un d'aussi expérimenté que moi qui, comme je vous le disais, en ai vu d'autres en trente ans de poussière et des métiers, vous pensez, mais celui-ci, notre ami le pendu, veux-je dire, vraiment non, lui pour le coup, d'exotique il n'avait rien du tout, ce en quoi, soit dit en passant, il n'avait pas mal choisi son endroit pour faire ce qu'il avait décidé de faire (même si je vous avouerai que nous aurions quand même préféré, madame Trêve et moi-même, sans parler de Solveig, pauvre petiote, qu'il aille faire ça ailleurs), puisque Bar-le-Duc non plus, hein, on ne peut pas franchement dire, dans le genre folichon, non pas, notez bien, que j'éprouve à titre personnel l'amorce du plus petit début de commencement d'abyssale désolation à vivre depuis un bail qui doit bien remonter au moins à l'élection d'Edgar Faure à la mairie de Pontarlier, si ce n'est plus, dans ce trou dont je m'obstine à croire qu'il n'est pas perdu pour tout le monde et au fond duquel non seulement j'ai vu le jour mais où selon toute probabilité je le verrai s'éteindre moi aussi, quoique le plus tard possible et des mains du Très-Haut, du moins c'est tout le mal que je me souhaite, plutôt que des miennes qui sont de toute façon infichues de nouer correctement mes lacets alors je n'ose imaginer à quel embarrassant désastre j'aboutirais si jamais me prenait un matin l'idée farfelue de hâter le cours des choses à l'aide d'un drap-housse, pas du tout, je m'y plais parfaitement, à Bar-le-Duc, j'irais même jusqu'à dire, sans mauvais jeu de mots, que j'ai fini par m'y attacher, assez en tout cas pour que l'idée ne m'effleure que très rarement d'aller poser mes pénates plutôt à Mönchengladbach ou à Tananarive, mais l'honnêteté m'oblige tout de même à reconnaître que, des 34 968 communes que compte la France et ses 2 380 variétés de fromages (à la louche), je pense que vous serez d'accord avec moi pour dire que la nôtre n'est pas précisément la plus a-wap-bop-a-loo-bop-a-lop-bam-boom, si bien que, l'un dans l'autre, entre l'absence de tout détail insolite à consigner au sujet de Frédéric Berthet et la modicité de l'exaltation qu'est à même de nous inspirer Bar-le-Duc, ma foi je ne vois pas trop ce que je pourrais vous dire de plus, Monsieur le Commissaire, conclut Olivier Chaume, et le fait est qu'il faudrait mobiliser des trésors de chauvinisme régional et de mauvaise foi pour affirmer sans battre des cils que le chef-lieu de la Meuse saurait sans rougir prétendre rivaliser avec des métropoles du type Tokyo, Adélaïde ou Clermont-Ferrand, quoique Bar-le-Duc ne soit pas pour autant dépourvu de certains charmes et qu'on puisse raisonnablement supputer par exemple que, à défaut de pouvoir y trouver une boulangerie ouverte le dimanche après-midi, le visiteur féru d'horticulture ou de pêche à la mouche serait susceptible lui aussi de s'y plaire, car il n'est que de savoir comment se compose son blason (parti, au premier d'azur semé de croisettes recroisetées au pied fiché d'or à deux bars adossés d'argent brochant sur le tout, et au second d'argent aux trois pensées tigées et feuillées au naturel) pour comprendre que Bar-le-Duc regorge en effet de fleurs et de poissons, même si ses attraits ne se résument bien entendu pas à cela et qu'on peut également y apercevoir ici et là, pour ceux que cet autre genre de faune intéresse, des hommes, et en pas si médiocre nombre encore, serait-on tenté d'ajouter sans vouloir pousser trop loin la forfanterie, puisqu'au 1er janvier 2011 on recensait, à Bar-le-Duc, la bagatelle de 15 837 habitants, ce qui n'a l'air de rien comme ça quand on pense au Pendjab ou à Limoges, mais songez que ça représente tout de même treize fois la population intra-muros de Vallouise-Perroux dans le Briançonnais, alors bon, sans compter qu'à cette somme démographique déjà rondelette viendrait s'additionner cinq jours plus tard une tête de pipe, en l'espèce celle de Frédéric Berthet (même s'il allait falloir presque aussitôt l'en retrancher (cette tête), attendu qu'à peine arrivé il allait la casser (sa pipe)), à propos duquel il convient cependant de préciser d'emblée, afin que tout soit bien clair, car j'en vois qui tricotent du sourcil et qui se disent tiens tiens mais il me semble que j'ai déjà entendu ce nom-là quelque part, qu'il n'était lié d'aucune manière, autrement que par l'heureux hasard de l'homonymie, à Frédéric Berthet (1954-2003), l'écrivain, dont il se trouve toutefois que Frédéric Berthet lisait justement un livre, son meilleur à mon avis, *Daimler s'en va* (Gallimard, 1988), dans le train qui, le 6 janvier 2011, jour de la

Saint-Gaspard, l'emmenait à Bar et vers le destin qu'on sait, homonymie qui était du reste à l'origine même de cette lecture puisque c'est elle (l'homonymie) qui avait incité un ami de Frédéric Berthet (Philippe), avisant deux semaines plus tôt ledit ouvrage dans l'éventaire d'un bouquiniste du quai de la Tournelle, Paris Ve, entre les mémoires du maréchal Jean de Lattre de Tassigny et une édition originale de *La Foire aux asticots* de Kaput, à en faire l'acquisition pour la broutille de 6 euros après avoir obtenu de l'accommodant camelot qu'il en ôtât deux du prix de départ affiché compte tenu de l'état d'usure préoccupant de sa reliure et des taches d'humidité qui en constellaient et faisaient gondoler les pages, afin de l'offrir à son ami Frédéric Berthet dont, ça tombait bien, c'était bientôt l'anniversaire et qui, en se voyant remettre des mains de l'ami Philippe, le 28 décembre 2010, jour donc de ses quarante-trois ans ainsi que de la Saint-Innocent, l'exemplaire défraîchi mais d'autant plus précieux de *Daimler s'en va* de ce Frédéric Berthet dont il n'avait de fait jamais entendu parler, avait concédé à son copain tout content de sa trouvaille que oui, ça alors, c'était rigolo, qu'il y eût un type qui s'appelait comme lui et qui écrivait des bouquins (enfin, écrivait – *avait écrit*, plutôt, car il était mort, avait jugé bon de préciser l'ami Philippe qui, intrigué autant qu'amusé par la coïncidence, s'était plus avant renseigné sur cet autre Frédéric Berthet dont il avait ainsi appris, outre qu'il était mort, qu'il était né le 20 août 1954 à Neuilly-sur-Seine, soit huit jours après François Hollande (à Rouen) et seize après François Valéry (à Oran), moins connu sous son véritable patronyme de Jean-Louis Mougeot, mais aussi dix-sept après la disparition de Sidonie-Gabrielle Colette, dite Colette, et huit avant celle du cambrioleur anarchiste marseillais Alexandre Marius Jacob, dit Jojo Trompe-la-Mort, qui lui aurait bien plu (à Frédéric Berthet, pas à Colette, quoique à Colette non plus, qui n'était pas exactement du genre à voter Chasse, pêche, nature et traditions, l'affreux Jojo n'eût sans doute pas déplu), et quant à Neuilly-sur-Seine, hein, bon, passons, de même qu'on pouvait glisser assez rapidement sur les faits d'armes universitaires et professionnels de Frédéric Berthet qui avait été comme tout le monde élève de l'École normale supérieure de la rue d'Ulm entre 1974 et 1977, puis pensionnaire de la Bibliothèque nationale de France où il avait travaillé notamment sur le fonds Barrès, ce qui ne l'empêchait apparemment pas, tous les témoignages s'accordaient sur ce point, à commencer par celui de l'éminent chroniqueur littéraire Bertrand Poirot-Delpech paru au printemps 2005 dans le *Bulletin semestriel de la Société des amis de Frédéric Berthet*, estimable revue hélas non moins sporadique, confidentielle et aujourd'hui défunte que son sujet d'étude, d'être un type formidablement marrant, comme l'attestaient les cinq livres publiés de son vivant en l'espace de dix ans à peine, enfin quoique, marrant, je ne sais pas, pas vraiment, c'était plutôt, Frédéric Berthet, comment dire, bizarre et lapidaire, jugeait pour sa part Poivron-Delfraise sans trop se mouiller, non dénué d'une certaine acidité qui n'était pas incompatible pour autant avec une sorte de timide tendresse mâtinée de désinvolture et de mélancolie propre à vous fiche une drôle de triste bonne humeur, bref, c'était un peu compliqué à expliquer comme ça, s'embrouillait le pauvre Navet-Delfigue qui trois lignes après le début de son papier ne savait manifestement déjà plus où donner de l'épithète (comme quoi c'était bien la peine d'avoir fait Sciences Po, *Le Monde* et l'Académie française), mais lisez par vous-même et vous verrez, finissait-il par conseiller en désespoir de cause, par exemple tenez, prenez *Simple journée d'été*, que l'auteur définissait lui-même comme une « suite » de nouvelles, au sens musical du terme, s'entend, et qui avait paru aux éditions Denoël en janvier 1986, avec un retentissement injustement assourdi par le concomitant décès héliporté de Daniel Balavoine, s'insurgeait un Cornichon-Delprune plutôt porté pour sa part sur Schubert et Tino Rossi, et peut-être aussi par le fait, possiblement déroutant, que cette première publication ne comportait aucune mention de genre ou de format littéraire, alors que *L'Aziza*, songea l'ami Philippe à ce stade de ses recherches, que ça vienne d'ici ou de là-bas, y avait pas à tortiller, c'était très clairement de la variétoche, au même titre que *Putain d'envie de vivre* de Jean-Louis Mougeot en 1987 (ou, du même, l'hallydesque *Qu'est-ce que je t'aime* en 1991 (ou encore, six ans plus tard, le redondant *Qu'est-ce qu'on est con*)), mais enfin ce n'était pas pour parler des pépites oubliées de la chanson populaire ni des crétins motorisés qui passaient leurs vacances de Noël à s'envoyer en l'air au-dessus du Kalahari et à écraser des petits Mauritaniens sous les pneus boueux de leurs buggys X-raid Mini JCW que Fenouil-Delgriotte s'était fendu d'une contribution dans le *Bulletin semestriel de la Société des amis de Frédéric Berthet* mais de Frédéric Berthet, dont il y avait encore beaucoup à dire, par exemple que les choses avaient véritablement pris forme pour lui (Frédéric Berthet, pas Céleri-Delquetsche) un peu plus de deux ans après la parution de *Simple journée d'été*, en mai 1988 pour être plus précis, soit au même moment, peu ou prou, où Wilfried Martens accédait enfin au poste de Premier ministre en Belgique tandis que Chet Baker s'en allait jouer de la trompinette aux lombrics, oui madame, en mai 1988, alors que le mois de mai, n'est-ce pas, question littérature, tous les libraires vous le diront, ce serait plutôt la saison des Jean-Louis Mougeot de la chose écrite, et pourtant oui, c'est bien au joli mois de mai non seulement que les fleurs volent au vent mais aussi qu'avait paru, en 1988, sauf que cette fois chez Gallimard, *Daimler s'en va*, qui contre toute attente allait connaître un vrai succès critique (autrement dit un bide monumental en termes de sorties de caisse chez Carrefour), rendez-vous compte en effet que Bertrand Brocoli-Delpistache lui-même, qui de son propre aveu ne se souvenait pas d'avoir connu pareille ivresse de lecture depuis *Le beaujolais nouveau est arrivé* de René Fallet en 1975, n'avait pas hésité à lui consacrer à l'époque (au roman de Berthet, pas au beaujolais) l'intégralité de son « Feuilleton » dans *Le Monde*, le qualifiant pour l'occasion (*Daimler s'en va*, pas *Le Monde*), avec le sens de la formule fulgurante qui le caractérisait, ce brave Flageolet-Delpastèque, de « petit bijou », terme dont je rappelle qu'il est officiellement classé sur l'échelle de Richter de la critique littéraire juste un cran en dessous du « coup de cœur de la rédaction », du « livre dont on ne sort pas indemne » et de l'« attention chef-d'œuvre », et chacun des opus de Frédéric Berthet avait dès lors été attendu avec autant de fébrilité que le bus 37 à l'arrêt Gare d'Épinay-Villetaneuse un dimanche soir, qu'on en juge par la parution simultanée, en janvier 1993, de *Felicidad*, second recueil de nouvelles, et de *Paris-Berry*, brefissime récit tout aussi inclassable que les précédents mais qui allait soulever parmi la fine fleur du jardinet germanopratin une houle de haros indignés, sinon franchement scandalisés, d'aucuns s'offusquant de l'irruption de ce texte relevant ni plus ni moins à leurs yeux chassieux du blasphème éditorial dans la mythique collection blanche de Gallimard, qui de fait n'avait pas pour habitude, à l'époque, d'accueillir de telles badineries, et l'ami Philippe imaginait sans mal, maintenant qu'il en savait un peu plus sur Frédéric Berthet et que ce dernier commençait même à lui devenir assez sympathique, que tout ce ramdam avait dû le faire bien rigoler, quoique jaune, d'ailleurs son dernier livre publié avant que les choses virent au posthume, *Le Retour de Bouvard et Pécuchet*, aux éditions du Rocher en mars 1996, soit au même moment à peu près que la mort de Marguerite Duras et qu'une autre irruption, celle de l'épidémie d'encéphalopathie spongiforme bovine, pouvait inciter à se demander si notre ami Frédéric Berthet ne souffrait pas lui aussi non seulement de névralgies occipitales chroniques mais également d'une légère propension à la rumination, voire à la vacherie, quoiqu'il ne fût pas bien difficile de deviner que ça ne devait pas non plus être un gars d'un tempérament très grégaire, Frédéric Berthet, comme ne le sont guère en général, il faut bien le dire, les quelque 892 habitants de Chambon-sur-Voueize, dans la Creuse, où Frédéric Berthet, nous apprenait enfin Batavia-Delrhubarbe, avait passé les dix dernières années de son existence, au 16 rue de la Couture, juste après le Crédit agricole), même si, s'était dit Frédéric Berthet à part soi une fois que l'ami Philippe eut terminé de lui exposer tout ce qu'il avait appris sur son presque illustre homonyme, Frédéric Berthet, ce n'était tout de même pas un nom si peu commun qu'il fallût à ce point s'en taper les cuisses, et que des Frédéric Berthet, à part lui et celui-là, il devait y en avoir une tripotée d'autres encore dans les registres de l'état civil, mais enfin à quoi bon en faire la désobligeante remarque à l'ami Philippe, et c'est donc de bonne grâce, sinon carrément ému, du moins dans la mesure, d'ordinaire assez chiche, où deux hommes qui se font des cadeaux s'autorisent à manifester leur émotion, que Frédéric Berthet avait reçu ce présent, lequel était d'ailleurs, à l'insu pourtant de celui-là même qui l'avait offert, doublement bien choisi puisque, mis à part le coup de l'homonyme, le titre aussi était particulièrement de circonstance étant donné que lui-même, Frédéric Berthet, comme Daimler, le héros du bouquin écrit par ce type qui portait le même nom que lui (enfin, portait – *avait porté*, plutôt, vu qu'il était décédé), allait bientôt s'en aller, non sans emporter dans ses maigres bagages, donc, ce 6 janvier 2011, après l'avoir laissé quelques jours de côté au cours desquels, et sachant ce qu'on sait des pensées qui le tarabustaient à ce moment-là on le conçoit aisément, il n'avait pas une seconde été chatouillé par l'envie de se livrer à une activité aussi futile que la lecture d'un roman, celui de Frédéric Berthet, *Daimler s'en va*, qui pas plus mal qu'un autre, s'était-il dit, saurait faire passer sans qu'il les voie passer les 174 minutes pendant lesquelles il allait devoir rester assis à la place numéro 37 de la voiture numéro 8 du TGV numéro 8322 qui l'emmènerait jusqu'à Bar-le-Duc, et dont il s'avéra qu'il les fit même passer plutôt mieux qu'un autre, puisque toutes considérations homonymiques mises à part, et toutes pendables velléités momentanément suspendues, si j'ose dire, il prit un certain plaisir à lire ce petit morceau de prose, qui lui parut aussi singulier que bref, parfois même poilant, empreint en tout cas, Bertrand Patate-Delmyrtille ne s'était pas foutu de nous sur ce coup-là, d'une désinvolture mélancolique propre à vous fiche une drôle de triste bonne humeur, c'était assez difficile à expliquer comme ça mais lisez par vous-même, vous verrez ce qu'il voulait dire, et quoique *Daimler s'en va*, de Frédéric Berthet, puisse sans doute se lire, même pour un lecteur laborieux, occasionnel ou déconcentré par des bruits parasites tels qu'en produisait à profusion la famille nombreusement installée dans pas moins de trois espaces duo et un carré club à l'avant de la voiture numéro 8 où Frédéric Berthet s'était lui-même vu assigner une place solo quelques rangées plus loin, sinon d'une traite, du moins en moins de 174 minutes, il lui faudrait bien ça pour en venir à bout, en raison notamment du fait que, plusieurs fois au cours du voyage, outre le charivari familial susmentionné, Frédéric Berthet, c'est humain, allait se laisser happer, telle une charolaise que le surgissement d'un convoi ferroviaire dans son champ de trèfles et de vision arrache à sa paisible dépaissance, par le spectacle de la campagne défilant en zootrope hypnotique derrière la vitre du train – peloton d'arbres chétifs sous le vent, filaments de pluie frémissant sur le carreau, agglomérations, échangeurs et vallons, croisillons compliqués des chemins, coins de verdure où chante une rivière, patchwork des champs surpiqué de meules et de moutons, mouvant puzzle en vrac enfin des formes et des couleurs saturées par la très grande vitesse –, et puis qu'il n'avait pas emporté que ça, Frédéric Berthet, comme lecture, ayant acheté à un Relay de la gare de l'Est avant de monter dans le TGV numéro 8322, sans trop savoir pourquoi cependant dans la mesure où, ses projets étant ce qu'on sait qu'ils étaient, il en aurait sans doute bien peu l'usage, un guide touristique de la Meuse, dans lequel il glanait, ici et là, entre deux paragraphes de *Daimler s'en va* de Frédéric Berthet dont la lecture s'en trouvait régulièrement interrompue et d'autant dilatée, quelques informations de base sur la ville de Bar-le-Duc, à propos de laquelle il fallait bien avouer qu'il ne savait jusque-là foutre rien, le fait par exemple que les habitants de Bar-le-Duc s'appellent les Barisiens, autant dire des Parisiens enrhumés, comme si les 250 kilomètres à vol de fauvette mélanocéphale qui séparent Paris de Bar-le-Duc n'étaient qu'un grand courant d'air, or justement, à ce moment-là de son périple, Frédéric Berthet, lui-même originaire comme tout le monde du XIIe arrondissement de la capitale française, commençait à se demander s'il n'était pas en train de choper la crève (ce qui, ses projets étant ce qu'on sait qu'ils étaient, ne manquait pas d'ironie) dans ce wagon horriblement mal climatisé, contrariété qui se manifesta aussitôt par un inopportun éternuement – à ses souhaits –, l'atchoum inopiné projetant une petite bulle de mucus sur la page ouverte de son guide qu'il se hâta d'essuyer discrètement du gras du pouce comme si de rien n'était et sans prêter la moindre attention aux esclaffements redoublés que déclencha derrière lui la malencontreuse sternutation dans les rangs de la famille toujours aussi nombreuse (et d'autant plus bruyante que voici à présent, c'était le pompon, qu'ils mangeaient des chips !) avant de reprendre sa lecture, laquelle lui apprenait maintenant pour sa gouverne que la première dénomination toponymique de Bar-le-Duc avait été Caturiges, qui en gaulois signifie « roi de la guerre », qu'y coulait l'Ornain, qui ne signifie rien, que de sa devise Charles d'Orléans avait fait un rondeau (ou que c'était celui-ci au contraire qui avait inspiré celle-là, le guide là-dessus n'était pas très clair), dont le premier quatrain (« Plus penser que dire / Me convient souvent / Sans montrer comment / N'à quoi mon cœur tire ») suscita l'adhésion immédiate de Frédéric Berthet que ce « n'à quoi », allez savoir pourquoi, mit en joie, mais aussi qu'y étaient nés le sculpteur Jean Crocq au XVe siècle, le mathématicien Didier Dounot au XVIe, à cheval sur les XVIIIe et XIXe le maréchal Rémy Joseph Exelmans, que Frédéric Berthet connaissait bien pour le coup à force d'avoir près de quatre décennies durant usagé la ligne 9 du métro parisien, Ernest Michaux et son père Pierre, inventeurs en 1861 du vélocipède à pédales, à la même époque à peu près un autre Ernest, Bradfer celui-là, maître de forge, ça ne s'inventait pas, son contemporain Albert Cim, littérateur et bibliographe, Jules Develle, recordman du nombre de portefeuilles ministériels sous la Troisième République, Rudolf Diesel, pétaradant inventeur du combustible éponyme, un président (Poincaré), un bourreau (Desfourneaux), et même Sophie Thalmann, Miss France 1998, que du beau linge en somme, mais encore que l'âge d'or de la cité correspondait *grosso merdo* au principat de René II de Lorraine, duc de Bar, baron d'Elbeuf, marquis de Pont-à-Mousson et trisaïeul au douzième degré du prince Albert de Monaco, mort de rhume (René, pas Albert) après avoir pris un bête coup de froid lors d'une chasse aux loups dans les bois de Fains-Véel le 10 décembre 1508, qu'autrement dit ça faisait cinq siècles et deux ans que tout se barrait en coquille à Bar-le-Duc, ce qui n'était pas franchement encourageant, que lors de la Première Guerre mondiale Bar-le-Duc avait joué un rôle crucial puisque c'est de là que partaient les ravitaillements destinés aux troufions des tranchées de Verdun à qui l'on sait quelle belle jambe cela fit (et à propos de moutarde je me permets ici une petite digression pour signaler que, non content de perpétuer depuis un demi-millénaire une tradition piscicole de première bourre, Bar-le-Duc touche aussi pas mal sa bille au rayon boucherie, comme on peut le constater de ses propres papilles en allant par exemple déguster, à La Meuse Gourmande (1 rue François-de-Guise, 55 000 Bar-le-Duc, juste à côté donc du Musée barrois, ce qui permet de faire d'une pierre deux coups au visiteur avide de bonne chère autant que d'art primitif caribéen, et qu'on ne vienne pas me dire ensuite qu'on préfère aller passer ses vacances de Pâques aux Maldives ou à La Baule), une joue de bœuf braisée sur son lit de mousseline de panais et d'oignons frits qui, pour 16 euros et arrosée d'un petit Oratoire de Chasse-Spleen, ou carrément d'un pommard premier cru du Clos des Épenots si c'est l'anniversaire de madame et pour ceux qui comme moi sont plutôt bourgogne, se défend, dites que vous venez de ma part), qu'entre jadis et aujourd'hui il s'était passé tout un tas de choses moyenâgeuses à Bar-le-Duc, le guide là-dessus était cette fois presque un peu trop disert, il était question de châtelaines en veux-tu et de damoiseaux en voilà, de mâchicoulis et de ménestrels, de duchés qu'on s'estoyons cycliquement disputés à grands coups de flamberge, de scramasaxe et de mangonneau, tout ça pour qu'en 1737 la cité tombe dans l'escarcelle du beau-père de Louis XV *himself*, un certain Stanislas Leszczinski, enfin tout cela était très imprononçable et chiant comme la pluie un dimanche de janvier à

Bar-le-Duc, si bien que Frédéric Berthet, bercé par l'ennui et le roulis du train, finit par s'assoupir, pouce inséré dans le guide en guise de marque-page, avant de se retrouver à son grand désarroi, en se réveillant quelques instants plus tard, inconscient d'avoir dormi et croyant poursuivre son éducation barisienne là où il l'avait laissée, catapulté (le pouce ayant glissé) deux pages plus loin et en 1973, date à laquelle il apprit, ouf, que le quartier de la Ville-Haute avait été classé secteur sauvegardé et que c'était tout Bar-le-Duc, depuis, qui redécouvrait avec fierté son riche patrimoine, ainsi qu'en témoignait, à cet endroit du guide, un panégyrique des plus hauts lieux touristiques de la ville, où le visiteur se voyait notamment enjoint de ne manquer sous aucun prétexte nos cimetières, qui sont épatants et, comme le laissait supposer le ci-devant listing de la crème de la crème barisienne de souche, fort bien fréquentés, et qu'enfin, pour la petite histoire, Bar-le-Duc était jumelé à Gyönk, qui comptait de son côté 2009 habitants et se situait en Hongrie, plus exactement en Transdanubie méridionale, ce qui nous faisait environ 1 Gyönkenois pour 7,9 Barisiens et là encore une belle jambe, après quoi, ne trouvant rien décidément dans ce guide, malgré le sincère enthousiasme prosélyte de ses rédacteurs, qui fût de nature à le faire changer d'avis quant à ses projets dont on sait ce qu'ils étaient, Frédéric Berthet le referma une bonne fois pour toutes puis se rendormit, quoique son somme fût de courte durée puisque bientôt le contrôleur annonçait de sa voix pâteuse et grésillante l'imminence de notre prochain arrêt, ce qui l'obligea, Frédéric Berthet, quelques minutes plus tard, assis sur un banc écaillé du quai de la gare de Bar, à finir les trois dernières pages qu'il n'avait pas eu le temps d'achever du roman de Frédéric Berthet, *Daimler s'en va*, tandis que le train aussi, après quoi il se mit mollement en marche dans les rues barisiennes, traînant derrière lui, outre une lassitude considérable, une valise dont la petitesse, sans aller jusqu'à trahir la nature véritable de ses intentions, aurait pu faire subodorer à l'observateur attentif qu'il n'avait pas celle en tout cas de s'éterniser en ces lieux, allant un peu au hasard, s'arrêtant de temps à autre sur un banc public pour reprendre son souffle et surtout offrir un instant de répit auditif aux riverains qui devaient non moins que lui être prodigieusement agacés par le bruit horripilant des roulettes de son bagage tressautant sur les pavés disjoints du quartier historique de la vieille ville qu'il avait presque malgré lui fini par atteindre, puis reprenant son chemin, en quête d'un hôtel où achever sa course mais incapable de jamais se décider à pousser la porte de ceux devant lesquels immanquablement, ayant assez vite fait le tour des rues, boulevards, places et venelles de Bar-le-Duc, il passait et repassait sans cesse, si bien que bientôt la nuit fut là tandis que Frédéric Berthet, lui, était toujours nulle part, qu'il commençait sérieusement à fatiguer, qu'il était même à deux doigts de renoncer à ses grands projets définitifs, dont l'absolue nécessité ne lui apparaissait plus à cet instant, dans le froid et la pénombre glauque des rues quasi désertes de Bar-le-Duc un soir de janvier, avec autant d'évidente clarté que tout à l'heure, et de rebrousser chemin pour regagner la gare et monter dans le premier train qui le ramènerait à Paris, lequel venait cependant de quitter le quai numéro 2, pas de regrets donc, et puis que tiens, il avait faim aussi, aussi s'installa-t-il à une branlante petite table en fer sous l'orbe rougeoyant d'un parasol chauffant en terrasse d'une franchise de La Mie Câline qui par miracle ou appât du gain était encore ouverte et où il se laissa tenter par un complet-jambon-fromage-crudités dont le pain décongelé à cœur laissait s'échapper par toutes les craquelures de sa croûte rénitente chaque fois qu'il y enfonçait les dents de généreux serpentins de mayonnaise pareils à ces vermisseaux de pus jaunâtre que de Vladivostok à Bormes-les-Mimosas les adolescents du monde entier s'amusent à faire gicler sur le miroir de la salle de bains parentale en pressant de toutes leurs forces du bout de leurs ongles longs et sales les ailes luisantes de leur nez suivi d'une succulente tartelette poire-chocolat, le tout arrosé d'un Minute Maid saveur fruits de la passion, festin au terme et en conséquence duquel Frédéric Berthet s'aperçut, non sans une certaine sombre satisfaction, que sa détermination à se zigouiller, qui tout à l'heure avait failli flancher, était de retour, intacte et même plus inflexible que jamais, l'encourageant à repartir à fond les roulettes à la recherche d'un établissement hôtelier dans lequel il pourrait mettre à exécution ses plans, bien décidé cette fois à cesser de tergiverser pour jeter son dévolu sur la première auberge qui se présenterait, et tant pis pour la baguenaude, on irait plus tard, peut-être, folâtrer sur les berges de l'Ornain, se promener dans le parc de l'hôtel de ville si chaudement vanté par le guide de la Meuse acheté en gare de l'Est, peuplé paraissait-il de pittoresques palmipèdes mais peuh, ça allait bien comme ça, la flânerie aux canards attendrait, pour l'instant on avait mieux à faire, ce n'était pas le moment, on avait froid, on était fourbu, on avait un peu mal au ventre aussi et puis vous aviez vu l'heure, ce qui l'amena tout naturellement, comme il venait de s'engager pour la je-ne-sais-combientième fois dans la rue Albert-Cim, au seuil de l'hôtel de Trêve, sis au numéro 37 de celle-ci et devant lequel il lui sembla bien être déjà passé tout à l'heure, à trois ou quatre reprises, sans avoir été outre mesure impressionné ni séduit, et le fait est que l'hôtel de Trêve ne se distinguait pas à première vue par son élégance, son confort apparent, son exubérance ou son originalité, puisqu'il s'agissait d'un simple parpaing de béton vaguement aménagé à des fins d'habitation transitoire dont il n'y avait pas grand-chose à signaler sinon qu'il comportait une porte et des fenêtres, même si une âme plus poétique que ne l'était celle de Frédéric Berthet à cet instant se serait certainement inscrite en faux contre cette trop expéditive évaluation immobilière et aurait su sans doute dire, de l'hôtel de Trêve, bien des choses en somme, tirer quelque ode au crépi, un hymne à la rugosité de la meulière, un épithalame aux noces du bois vieux et de la ferronnerie, dresser une cathédrale de dactyles à l'humble rusticité du lieu, et louer, enfin et surtout, le génie aussi discret que singulier de l'homme, un certain Joseph-Paulin Gillouet, qui vers la fin de la première décennie du siècle dernier avait décidé de concevoir ainsi, sans chichis, sa modeste mais toute personnelle contribution à l'urbanisme meusien, au mépris crânement assumé des diktats architekturaux de son temps, Gillouet qui fit fi en effet des frontons, l'économie des péristyles et le deuil des gables, qui dédaigna guillochis, encorbellements, acrotères et autres étrésillons, tourna le dos aux embrèvements prétentieux comme aux paranoïaques moucharabiehs, aux bulbes scabreux comme aux coûteux quadrilobes, aux mièvres vertevelles comme aux pompeux triglyphes, délaissant audacieusement toutes ces dentelleries de matière pour le plus de rien possible, au nom d'une ascèse bâtimentaire revendiquée qui nous paraît aujourd'hui visionnaire mais dont l'iconoclasme intempestif le fit à l'époque aussi sûrement que lentement glisser jusqu'au bas de la pente menant à l'excommunication architecturale, Joseph-Paulin achevant son existence en 1923 à Savonnières-devant-Bar dans la solitude et l'incompréhension les plus totales, veuf de tout, inconsolé, très vieux et très déchu, entre les murs suiffeux d'une indigne bicoque au bord de l'Ornain, de la misère et de l'oubli, mais foin de ces finasseries, à Frédéric Berthet peu importait de quel grain la pierre, de quelle ardoise la tuile ou de quel bois on se chauffait là-dedans, pourvu qu'on s'y chauffât, car il faisait froid décidément en janvier, un dimanche soir, à Bar-le-Duc, et ce nez qui n'arrêtait pas de couler, maudit train, trêve d'atermoiements à la fin, l'hôtel de Trêve c'était très bien, le nom lui plaisait aussi, c'était de cela exactement qu'il avait besoin, Frédéric Berthet, d'un hôtel, et d'une trêve, et les deux étoiles qui rehaussaient modestement le H ornant l'écusson cloué au côté de la porte que franchissant le pas il poussait à présent étaient pour le rassurer à cet égard, c'était la juste dose stellaire que requérait son séjour (trois eussent été trop, tandis qu'une pas assez), mais à peine était-il entré qu'une fois de plus le découragement menaça d'avoir raison de sa suicidaire opiniâtreté, car l'intérieur de l'hôtel de Trêve semblait à l'avenant de sa façade, c'était sobre, rien à dire, au point qu'un instant le regard s'affolait un peu, ne sachant où se poser, cherchant désespérément un détail, une saillie dans le décor à laquelle se raccrocher, mais en vain, tant rien ici, dans la pénombre, ne faisait relief, c'était même à peine si l'on discernait, sur le papier peint qui avait l'air d'avoir fait toutes les guerres (et l'amour aussi, se mit à fredonner malgré lui Frédéric Berthet en attendant, puisqu'il n'y avait apparemment personne pour le recevoir à l'accueil, Olivier Chaume, le gardien de nuit, ayant été contraint de s'absenter de son poste le temps de régler un petit souci personnel lié à l'ingestion, une demi-heure plus tôt, d'une barquette individuelle de tartiflette appartenant au lot V2-465-1799 que l'enseigne Oh les Bio Jours devait quarante-huit heures plus tard rappeler de ses rayons), un motif d'on ne sait trop quoi, des espèces de petites boules rouges, des cerises peut-être, ou des œufs de lump, à moins que des airelles à corymbes ou bien encore des canneberges, enfin quelque chose en tout cas du genre rond, purpurin et d'allure comestible (il s'agissait en réalité de groseilles, ce que Frédéric Berthet n'aurait jamais deviné, lui qui, n'étant pas particulièrement cinq-fruits-et-légumes-par-jour dans l'âme, n'aurait pas su faire la différence entre une pointe d'asperge et une branche de céleri et qui, n'ayant pas poursuivi sa lecture du guide de la Meuse acheté au Relay de la gare de l'Est jusqu'à ce chapitre-là, n'avait pas la moindre idée de l'importance fondamentale, de l'omniprésence, de la toute-puissance pharaonique de la groseille à Bar-le-Duc), cela dit attendez voir, il me semble bien que je m'en bats complètement l'œil, coupa court Frédéric Berthet dont la déco n'avait en effet jamais été le dada et dont la seule préoccupation à cet instant était que quelqu'un dans cet hôtel pas très California veuille bien venir faire son boulot, lui souhaiter la bienvenue avec toute l'affèterie et la servilité de rigueur puis lui donner la clé d'une chambre, s'il en restait une, or il avait beau, en l'absence de tout carillon à faire tinter, se racler la gorge pour avertir de sa présence, personne décidément ne daignait l'accueillir, si bien que je compte jusqu'à dix, menaça mentalement Frédéric Berthet en pianotant du bout des doigts sur le mélaminé du comptoir une série de rapides arpèges descendants suffisamment sonores et staccato pour exprimer sa juste impatience, sans parvenir toutefois à décider quel châtiment assortir à la menace si à dix on n'était toujours pas venu, de sorte qu'il en était à trente-sept lorsque enfin, ayant au préalable d'un coup d'interrupteur fait jaillir un peu de lumière dépolie dans la vasque en demi-lune d'une applique murale fixée à côté du panneau en bois où s'alignaient quatre fois quatre cavités numérotées de 1 à 17 (le 13 ayant été anglo-saxonnement banni) destinées pouvait-on présumer au gardiennage des clés et à la distribution de tout éventuel courrier adressé à notre aimable clientèle, enfin on arriva, ça va, ça va, on arrive, pas la peine de s'énerver, maugréait Christine Trêve qui avait dû s'arracher de mauvaise grâce à son épisode d'*Esprits criminels* alors que le psychopathe monté en puissance était sur le point d'énucléer sa dix-septième victime au moyen d'une chignole (saison 12, épisode 3), enfiler robe de chambre et pantoufles pour sortir de ses quartiers à l'étage et venir voir en personne qui faisait tout ce raffut en bas (Olivier Chaume n'étant toujours pas revenu d'on sait où), or Christine Trêve ne ressemblait pas le moins du monde à Ava Gardner, dut bien se résoudre à constater un Frédéric Berthet dépité qui lui-même cependant, soyons équitables, comme on dit dans le commerce, n'était pas non plus le sosie de Paul

Newman mais qui, depuis qu'un samedi soir de novembre 1994, lors d'une rétrospective consacrée à John Huston au cinéma Le Champollion, Paris V[e], il l'avait découverte dans *La Nuit de l'iguane*, nourrissait à l'égard de Gardner une légère obsession, Ava le poursuivant jour et nuit dans ses fantasmes les plus inavouables mais aussi dans les situations les plus trivialement quotidiennes, ainsi par exemple chaque fois qu'il descendait dans un hôtel et qu'il s'attendait, contre toute raison, à la voir surgir, elle ou du moins un spécimen féminin qui s'en rapprochât suffisamment pour allumer dans la partie la plus reptilienne de son cortex la petite étincelle sans quoi de fait on se demande bien à quoi bon vivre, ce qui ne s'était toutefois encore jamais produit (sans doute en partie parce que Ava Gardner était décédée depuis plus de vingt ans, des suites d'une pneumonie, dans son appartement londonien, au petit matin du 25 janvier 1990, soit, incroyable mais vrai, quelques heures à peine avant que George Bush père n'annonce l'octroi par les États-Unis d'une aide d'un montant d'un milliard de dollars au Panama tandis que Didier Auriol, au volant de sa Lancia Delta Integrale 16v, signait au nez et à la barbe de son rival l'ibère favori Carlos Sainz Cenamor une victoire éclatante au 58e rallye Monte-Carlo), au grand désappointement toujours recommencé de Frédéric

Berthet, comme si, malgré les quarante-trois années d'existence dont il venait courageusement de s'acquitter en ce bas monde et auxquelles il s'apprêtait à mettre fin, était vouée à s'accrocher en lui jusqu'au bout l'illusion, dont tous à un moment ou un autre de notre vie nous nous berçons secrètement, en vertu de laquelle, avec une chanson et un peu d'imagination, la réalité pourrait parfois ne pas être ce qu'elle est, ce qui était hélas très loin d'être le cas dans la circonstance présente, Christine Trêve ne ressemblant à rien d'autre, donc, qu'à Christine Trêve, c'est-à-dire à peu de chose, sur quoi la charité, la crainte des poursuites judiciaires et de la vindicte morale ainsi que le dégoût instinctif que nous inspirent la misogynie et les descriptions naturalistes imposent ici de ne pas s'étendre, sinon pour croquer sommairement une étroite petite tête aux faux airs de gousse d'ail (ou d'échalote, je ne sais jamais), posée au sommet d'un buste dont les courbes évoquaient irrésistiblement les raffinements de la grande tradition menuisière suédoise, le cheveu rare et gras, élagué à l'aide d'un sécateur rouillé le long du pourtour d'un bol breton ébréché, l'œil fétide et l'haleine vitreuse, la paupière mafflue, la joue en caroncule, la face grise balafrée de rides pas même expressives et la pesanteur du dandinement à quoi le surpoids s'alliait pour faire grincer le parquet, sans parler des gencives, excessives, ni de la robe, moche, taillée dans une housse de planche à repasser, sous laquelle on devinait deux mamelles en gants de toilette ayant depuis longtemps jeté l'éponge, enfin tout cela ne ragoûtait guère et jamais je ne pourrais coucher avec une robe pareille, songea alors métonymiquement Frédéric Berthet à qui personne n'avait pourtant rien demandé de la sorte et qui visiblement ne s'était pas regardé, lui, avec sa gueule de métèque, mais qui, comme bon nombre de membres de l'engeance humaine (et plus spécifiquement ceux d'obédience mâle), éprouvait les pires difficultés, lorsqu'il croisait un (et plus spécifiquement une) congénère, à ne pas se poser la question, même pour la disqualifier aussitôt, de savoir si une alliance de type sexuel n'aurait-y pas été envisageable, interrogation à laquelle dans le cas présent il répondit très vite *in petto* par un *niet* sans appel, quoique, coït *or not* coït, tant de disgrâce, chez Christine Trêve, ne fût pas non plus pour rebuter tout à fait et allât même jusqu'à exercer quelque chose de l'ordre d'une paradoxale fascination, tant il est vrai que certaines laideurs sont telles qu'elles confinent à une forme, certes pervertie, de beauté, songea baudelairement Frédéric Berthet qui se mit à cet instant, dans sa nervosité grandissante, à se gratter la cuticule de l'ongle du pouce gauche tout en laissant continuer à se dévider en roue libre le fol écheveau de ses réflexions, lesquelles l'amenèrent en toute logique à se demander si, au fond, nous ne serions pas tous non seulement des Juifs allemands mais aussi des femmes tristes et seules, si bien que pour un peu, dans sa confondante fatigue, Frédéric Berthet, s'il avait porté un soutien-gorge, tiens, l'eût ôté séance tenante pour y foutre le feu en signe de ralliement à la cause, perdue, de Christine Trêve, laquelle semblait cependant le genre de femme, se ravisa aussitôt Frédéric Berthet, à qui la révolution ne faisait nichon ni froid – oui, oh, bon, eh, hein, ça va, si on ne pouvait même plus plaisanter un peu, avant de se pendre à la poutre d'entrait du plafond à ferme apparente d'une chambre d'hôtel de Bar-le-Duc, chambre qu'il allait toutefois s'agir à présent, blague à part et avant d'y jouer à la piñata humaine, de choisir, comme le lui fit comprendre sans ambages ni l'ombre d'un sourire Christine Trêve, qui à défaut de pouvoir briguer le titre de championne interdépartementale de la déconne se révéla du moins irréprochable dans le respect du protocole hôtelier, priant ainsi dans un premier temps le nouvel arrivant de bien vouloir décliner son identité, sur quoi Frédéric Berthet marqua un temps d'hésitation, lui qui depuis toujours cultivait entre autres étranges manies (les dispositions suicidaires n'ayant jamais empêché personne, ainsi qu'on a pu s'en apercevoir pas plus tard qu'à l'instant, de se complaire dans la facétie poussée jusque dans ses ultimes et plus consternants retranchements) celle de se faire passer pour qui il n'était pas et, dès qu'une bonne occasion se présentait (émarger un registre d'hôtel en étant une par excellence), de revêtir un patronyme d'emprunt, car lorsque la chance nous est offerte de nous faire impunément autre que nous ne sommes, nous aurions bien tort de passer à côté, telle était l'une des nombreuses devises de Frédéric Berthet, qui ne comptait plus le nombre de fois où, ainsi, au téléphone avec un démarcheur d'une société de pompes funèbres (« promo exceptionnelle jusqu'au 14 juillet, deux cercueils pour le prix d'un ») ou lors de l'établissement d'une carte de fidélité dans un grand magasin dédié à l'art du bricolage (« à partir de 237 euros d'achats, un marteau offert »), il s'était targué de s'appeler, selon l'inspiration du moment et le degré de crédulité de son interlocuteur, Alain Proviste, Jean-Luc Lémouche ou Laurent Delacouette, mais cette fois pourtant, ce soir-là du 6 janvier 2011, dans la pénombre lugubre de la réception de l'hôtel de Trêve à Bar-le-Duc, face à Christine Trêve qui continuait d'observer une immobilité zygomatique telle qu'on en serait presque arrivé à se demander si elle ne venait pas d'être foudroyée par un accident vasculaire cérébral, à moins qu'elle fût passée grand maître dans la pratique du *pratyahara* et du *samprajnata-samadhi*, ou encore tout bonnement qu'elle fût, en plus de tout le reste, sourde comme un pot de chambre, cette fois un doute étreignit Frédéric Berthet qui s'en trouva tout décontenancé, l'une de ces hésitations infinitésimales et en apparence anodines qui peuvent néanmoins forer subitement en l'homme un gouffre béant d'incertitude et de perplexité, au bord duquel vacillait donc à présent Frédéric Berthet et devant quoi il décida au dernier moment de reculer, renonçant aux charmes difficiles de l'imagination pour révéler lâchement son identité sans plus essayer de dérider l'indéridable maîtresse de céans dans le vain espoir de s'attirer sa bienveillance, sinon de détourner les soupçons qu'il pouvait craindre d'éveiller quant à ses projets dont on sait ce qu'ils étaient, par quelque saillie drolatique, mais se permettant tout de même d'ajouter, en dernière tentative, que je vous vois chère madame circonfléchir du sourcil et vous demander si par hasard vous n'auriez pas déjà entendu ce nom-là quelque part eh bien figurez-vous que non, pas du tout, il n'était pas le fameux auteur de *Daimler s'en va*, ni n'entretenait avec lui aucun lien de parenté, il s'agissait d'une simple homonymie, d'une pure coïncidence, je vous l'accorde assez cocasse, précision apportée en pure perte hélas et dont la cocasserie sembla très largement échapper à Christine Trêve, comme on pouvait cela dit s'y attendre un peu puisque celle-ci, à l'instar de 99,99 % de nos compatriotes selon un sondage Ifop réalisé du 14 au 16 mars 2003 pour le compte de *Livres Hebdo* le magazine des professionnels du livre en partenariat avec l'Amicale des usagers des médiathèques de l'Indre et du Cher auprès d'un échantillon prétendument représentatif de 997 personnes dont on ne me fera pas croire qu'elles n'avaient rien de mieux à faire ce week-end-là, n'avait jamais entendu parler de Frédéric Berthet, ainsi que l'exprimait avec assez d'éloquence le regard qu'elle décocha de son œil droit pivotant batraciennement sous la paupière pour se braquer sur le petit plaisantin tandis que je m'en tamponne le corbillard, renchérissait sinistrement le gauche, après quoi elle demanda sans ciller davantage à monsieur, allons droit au but, si c'était bien une chambre qu'il désirait, et monsieur alors, vaincu par l'imparable rhétoricité de la question autant que terrassé par l'impassibilité du cerbère hôtelier, d'opiner cette fois d'un simple hochement de tête, non toutefois sans se demander, l'espace d'une fraction de seconde interloquée, à quoi d'autre il aurait bien pu prétendre dans ce type d'établissement, et s'il arrivait que se présentent ici des gens cherchant à acquérir du jambon, à investir dans un slip de bain ou à claquer leur treizième mois dans un bouquet de pensées, ni sans se demander non plus par quels méchants tours de la fatalité une telle femme, qu'on eût mieux imaginée lanceuse de javelot bulgare à la retraite, videuse de volaille dans un abattoir bressan ou dame pipi au Jean-Bart de Montceau-les-Mines, qui de toute évidence en tout cas ne se trouvait pas ici de gaieté de cœur ni par vocation et dont on pouvait douter qu'elle eût même en poche le moindre master de management des services en restauration et hôtellerie internationale de l'université de Cergy-Pontoise, avait pu atterrir dans un endroit pareil, interrogations de fait assez pertinentes tant il est vrai que rien ne prédisposait Christine Trêve, qui avait vu le jour, comme Nicéphore Niépce, Antoine Volodine et Valérie Lacroute, à Chalon-sur-Saône (alors qu'Ava Gardner, elle, était née à Grabtown, en Caroline du Nord, ce qui vous plantait quand même tout de suite un décor autrement hollywoodien), à reprendre les rênes de cet ancien bâtiment annexe de la morgue municipale à moitié détruit par les bombardements pendant la guerre que ses parents, ayant au lendemain de celle-ci quitté la Bourgogne pour s'en aller chercher fortune en Meuse, avaient grâce aux deniers d'un petit héritage (comme quoi l'épuration n'avait pas eu que des mauvais côtés) fait rebâtir à l'identique ou presque, conformément aux plans d'origine avant-gardistes de Joseph-Paulin Gillouet, pour le transformer en un modeste hôtel de transit, fréquenté en grande majorité par des maçons portugais, des plombiers lombards, des couvreurs-zingueurs algériens et des alcooliques français, dont la petite Christine passa toute sa morne enfance à rêver de s'évader, non pas pour la Bresse ou Plovdiv mais pour New York et son Radio City Music Hall, Paris et son Moulin Rouge ou même, on était prête à tout, Reit im Winkl et son festival bisannuel de schuhplattler austro-bavarois, au lieu de quoi elle devait rester confinée toute sa vie ici, à Bar-le-Duc, condamnée à tourner en rond tout autant que les détenus de la maison d'arrêt située juste au coin de la rue Albert-Cim à travers les barreaux de laquelle, depuis les fenêtres de sa chambre, elle apercevait parfois se tendre en aveugle supplique, entre deux draps et trois débardeurs troués pendus à sécher, quelques paires de mains sales qui lui semblaient celles de ses frères et sœurs d'âme en incarcération, de même qu'on ne se serait pas attendu à ce qu'elle donne plus tard à sa fille, comme elle-même unique, un prénom dont on concédera qu'il n'avait pas grand-chose de bourguignon ni même de lorrain, alors que du côté de Malmö au contraire il n'y a pas plus commun, voire vulgaire, qu'une Solveig, au grand dépit des jeunes Scandinaves ainsi baptisées et par conséquent contraintes à mettre en œuvre tout un tas d'habiles subterfuges pour se distinguer du gros de la populace nordique, ce qui leur complique bigrement une existence déjà quelque peu handicapée par des conventions orthographiques åbscønses et des conditions climatiques qui comme chacun sait sont ce qu'elles sont, tandis que Solveig Trêve, à Bar-le-Duc, avait toujours fait onomastiquement tache, ou sensation, c'est selon, à l'image de son père, Olaf le Preux, dont le séjour barisien, si fugace fût-il, n'en avait pas moins laissé un souvenir impérissable quoique amer dans les mémoires, à commencer par celle de Christine Trêve, qui n'avait pas toujours été le spécimen d'humanité fané que Frédéric Berthet avait en face de lui à présent mais une jeune fille tout ce qu'il y avait de plus en fleur et qui, en ce temps-là, avait une tête à en faire tourner plus d'une, sur cette place de la République où chaque jour en fin d'après-midi, à l'heure où sonnait la cloche libératrice du lycée André-Theuriet, se déversait et s'amassait toute la jeunesse barisienne, pleine de fougue, d'espérances et de comédons, les poches tintinnabulant de francs qu'elle s'en allait dépenser en bocks et limonades sous les tilleuls du Café de la Promenade à la terrasse duquel, un beau jour, débarqua donc le chevaleresque et chevelu Olaf Ásvarðursson, et ce fut alors comme si le vieux roi Håkon en personne avait jailli des pages de vélin flétries du *Landnámabók* pour faire main basse sur la Lorraine tout entière, ce que point n'advint toutefois car, son affriolante robustesse de chasseur de grands squales et son panache étourdissant de blond triomphateur des mers arctiques n'ayant d'égal que sa magnanimité, Olaf le Concupiscent se contenta de faire main basse sur Christine Trêve, qui n'en demandait pas tant ou plus exactement ne demandait pas mieux et qui, fidèle à son patronyme, n'opposa à l'envahisseur aucune résistance, choisissant même aussitôt d'embrasser avec enthousiasme la cause collaborationniste, dans l'espoir à peine voilé que celle-ci lui ouvre, entre autres, deux ou trois nouveaux horizons, de ceux que sa vie étriquée de progéniture de gérants hôteliers pompidoliens et rétifs à l'émancipation de la jeunesse avait jusqu'ici peiné à lui offrir et sans quoi, il faut bien l'avouer, c'est vrai qu'on s'ennuie un peu, à Bar-le-Duc, dans les années 1970, quand on a dix-sept ans, qu'on s'ennuie même beaucoup, sinon passionnément, pour ne pas dire tout de go – au risque de choquer Yvonne et Georges Trêve qui n'avaient pas donné ce genre d'éducation à Christine et qui, farouchement opposés à ce qu'éclose au sein des foyers de France et *a fortiori* dans les jardinières de leur propre balcon la gangrène du *flower power* alors en vogue, ne toléraient pas sous leur toit que le langage lui-même fût fleuri – que la plupart du temps on se ronge carrément le cul à la vinaigrette, mais enfin on serait bien présomptueux de prétendre au monopole en la matière et sachez qu'on se languit tout aussi bien à Phnom Penh, Venise ou Ouagadougou, et pas moins donc à Hafnarfjörður, riante cité des faubourgs de Reykjavik, dans la région du Höfuðborgarsvæðið, circonscription du Suðvesturkjördæmi, d'où que venait Olaf le Péquenaud dont l'ambition exclusive, dès qu'il avait eu atteint l'âge de raison (c'est-à-dire celui de se brosser tout seul les dents avec la graisse des bébés phoques qu'il allait exterminer de ses propres mains sur les rives rocheuses du lagon de Hvaleyrarlón le mercredi après-midi pour se détendre), avait été de se carapater pour échapper à l'unique destin qui l'attendait au tournant dans un tel bled, celui de pêcheur à la morue alcoolique (le pêcheur, pas la morue), comme son père avant lui et le père de son père et le père du père de son père et le père du père du père de son père, et ne pas être condamné à passer le restant de ses jours à se les geler dans l'obscurité des interminables nuits polaires en bouffant du requin faisandé et en se décapant l'œsophage à grandes lampées d'eau-de-vie de pomme de terre aromatisée au cumin des prés jusqu'à ce que mort s'ensuive au fond de ce déplorable patelin planté tout en haut de la planète et bâti sur un champ de lave dont d'aucuns affirmaient qu'il avait été jadis un site de reproduction majeur pour les elfes, sauf que d'elfes, Olaf le Sceptique n'avait jamais vu la queue du bonnet d'un, et si, à en juger d'après la trogne des congénères qui avaient panouillé à l'arrière-plan de sa septentrionale enfance, on pouvait à la rigueur réserver son jugement quant à l'existence des trolls, tout le reste n'était assurément que calembredaines inventées par un peuple en un mot consanguin rendu aux dernières extrémités de la fantaisie folklorique par des siècles et des siècles d'ostracisme, d'ostréiculture, d'ordalies météorologiques et d'orthodoxie grammaticale contrariée, si bien qu'Olaf le Candide s'avisa très tôt qu'il lui faudrait sortir de son huître et s'extirper de l'incestueux marigot natal s'il désirait se réchauffer un tant soit peu à l'âtre de l'aventure humaine telle qu'elle poursuivait son bonhomme de chemin sous de plus avenantes latitudes, or nul autre désir ne l'animait plus ardemment, mais les dieux hélas, pas moins que les mortels, sont odieux, mesquins, vindicatifs et cruels, en particulier lorsque eux aussi se les gèlent, et Olaf le Baroudeur qui rêvait de Papouasie n'alla pas plus loin que Bar, ce qui est déjà pas mal quand on vient d'où qu'il venait, de sorte qu'on pourrait dire en somme que ce sont deux ennuis qui se rencontrèrent ce jour-là à la terrasse du Café de la Promenade, et rien ne prouve que ce ne soit pas là la plus juste définition de l'amour, même si la liaison aussi torride que juvénile, n'en doutons pas, qui unit Olaf et Christine ne nous donnera malheureusement guère le temps ni l'occasion d'approfondir la question dans la mesure où, pour des raisons dont seuls ont conservé le secret les cloisons et les draps de la chambre numéro 5 de l'hôtel de Trêve où les amants débutants se retrouvaient en catimini la nuit tandis qu'Yvonne et Georges roupillaient devant *Ces beaux messieurs de Bois-Doré* sur Antenne 2, elle fut assez expéditive, et si nul ne sait au juste qui des deux brisa le cœur de l'autre, qui le premier comprit qu'il y avait maldonne et pas grand-chose à escompter de cette improbable opération de rapprochement érotico-diplomatique entre l'Islande et la Meuse, Olaf le Pas-Si-Preux-Que-Ça-Finalement, quoi qu'il en soit, avait à peine fait le tour de Bar et de Christine qu'il quitta abruptement l'une et l'autre, prit ses cliques et une grande paire de claques au passage (car la Barisienne, pour n'être pas farouche de prime abord, n'en conserve pas moins à la fin sa fierté face aux camouflets), rempaqueta son barða et disparut aussi vite qu'il avait surgi, le glaive entre les jambes, non cependant sans avoir laissé au préalable, entre celles de la jeune femme outragée, brisée, martyrisée, mais libérée, en guise de bien involontaire souvenir de sa veule virilité, une sorte de petite groseille (ou de canneberge) pour l'heure presque invisible à l'œil nu mais qui, fermement campée dans la matrice de l'ex-conquise fort marrie de se voir ainsi, à peine affranchie de l'ahan d'Islande, soumise derechef à une force d'occupation, ne tarderait pas à y germer, croître et pour finir en sortir, sous la forme d'une jolie petite Solveig, fille donc de Christine Trêve et, ainsi que s'obstinerait à l'affirmer cette dernière en réponse aux tout aussi incessants questionnements de la gamine sur ses origines, de père inconnu au bataillon, lequel se volatilisa de fait corps et âme sans que quiconque ait plus jamais de ses nouvelles, quoiqu'on ait pu récemment entendre ici et là, dans certains estaminets barisiens, de la bouche de témoins dont la bonne foi tout autant que l'hygiène du foie demeure sujette à caution, qu'Olaf Ásvarðursson vivrait aujourd'hui, seul, du côté de Marennes-Oléron, où, sous le pseudonyme de Gérard Le Normand, après une tentative avortée de reconversion dans la conchyliculture (deux doigts en moins, trente-sept points de suture) et en attendant avec résignation que le rattrape inéluctablement puis l'achève l'atavique addiction à l'aquavit qu'en vain il aura toute sa vie cherché à conjurer, il fait profession de rempailler des chaises, à défaut de son renom, mais

Odin reconnaîtra les siens, ainsi que le dit le scribe anonyme de la *Saga de Grímuldur* dans la traduction qu'en donna en 1891 le Barisien *honoris causa* Claude-Adhémar André Theuriet, lequel naquit pour sa part à Marly-le-Roi en 1833, vécut une enfance yvelinoise à se crever les yeux de monotonie puis, l'âge d'homme venu, s'aventura aveuglément du côté de Rueil-Malmaison où le surprit en 1870 la bataille de Buzenval, à laquelle il ne survécut que pour rempiler dix ans plus tard en passant la bague au doigt à sa muse et dulcinée de jeunesse, Hélène Narat, dont le grand spécialiste des lettres galantes régionales de la fin du XIXe siècle François Carez nous dit qu'il la chanta « en amoureux rossignolant » dans *Le Livre de la Payse*, après quoi le téméraire André poussa jusqu'à Bourg-la-Reine, dans les Hauts-de-Seine, où il se fit opportunément élire maire, au printemps 1894, suite au décès en cours de mandat de son insignifiant prédécesseur bonapartiste Louis Eugène Marius Jallon, et connut enfin un quart d'heure de gloire aussi tardif qu'immérité en entrant à l'Académie française dont les palmes naphtalinées ne purent toutefois que brièvement ombrager ses vieux jours puisque le 23 avril 1907 il décédait à son tour – *sic transit* – d'un cancer du côlon qui nous priva à jamais d'un des plus prolifiques chantres des terroirs, de la sylve, des troènes et des charmes surannés de la bourgade provinciale, Theuriet, avant de s'en aller taquiner les pissenlits, ayant en effet troussé en même temps que quelques bonniches un fade petit bouquet de romans dont l'intrigue pèche souvent par défaut d'originalité et par excès au contraire d'allégeance aux conventions bourgeoises de son temps, mais de là à penser que c'est en hommage à cette sympathique médiocrité que le lycée barisien auquel il a donné son nom s'évertue depuis près d'un demi-siècle à ne pas afficher un taux de réussite au baccalauréat supérieur à 67 %, oral de rattrapage compris, il y a un pas qu'on se gardera bien de franchir par respect pour les anciens combattants de la guerre franco-prussienne, pour tous ces vieux gobe-mouches à tricorne du quai de Conti dupés par la fallacieuse promesse de l'immortalité et pour les lecteurs, s'il s'en trouve encore, à qui « le brun pourpré des poiriers sauvages, le rouge sanglant des cerisiers, l'or pâle des sycomores et les retroussis argentés des saules » font rossignoler l'âme et l'imagination, ce qui, gageons-le, n'était probablement pas le cas de Christine Trêve dont la dernière incursion en librairie remontait à la publication en édition de poche du vingt-quatrième roman de Françoise Bourdin, *Rendez-vous à Kerloc'h*, une « nouvelle saga palpitante au cœur de l'univers breton évoquant avec justesse la complexité des liens familiaux» qui n'avait pourtant pas su retenir au-delà de la trente-septième page l'attention de Christine, laquelle, tant qu'à s'encanailler du côté du Morbihan, préférait encore aller se taper une bonne petite galette de sarrasin à l'andouille de Guéméné sur son lit de fondue de poireaux à la Crêperie des Ducs, 72 avenue Poincaré, 55000 Longeville-en-Barrois, ce qu'elle avait d'ailleurs prévu de faire pas plus tard que samedi prochain avec Solveig pour fêter l'anniversaire de celle-ci qui en attendant, la veinarde, était en train de découvrir le fin mot du troisième épisode de la douzième saison d'*Esprits criminels* tandis qu'on ne savait toujours pas où était passé Olivier Chaume, le gardien de nuit, et qu'elle-même, Christine, était donc obligée de s'occuper toute seule de cet emmerdeur, Frédéric Trucmuche, dont la tête ne lui revenait décidément pas, dont l'humour, si c'était bien de ça qu'il s'agissait, n'était pas tellement à son goût non plus et qui la regardait à présent avec l'air ahuri d'un type qui aurait poussé la porte d'une boutique de lingerie fine alors qu'il cherchait une boucherie chevaline, mais qu'il fallait bien accueillir pourtant, sans se démonter et avec le minimum de cordialité requis par ce rôle de tenancière d'établissement hôtelier qu'elle avait plus que jamais en horreur, elle qui n'avait toujours pas fait le deuil de ses rêves de comédie musicale ni des grandes chevauchées sauvages à dos laineux de poney iakoute dans les ravines du Vatnajökulsþjóðgarður que la vie lui avait fait naguère miroiter, d'où un petit moment de flottement de part et d'autre du comptoir de la réception, que Christine Trêve, mobilisant toute la patience et l'abnégation dont elle était encore capable, professionnelle jusqu'au bout des lunules et plus cérémonieuse qu'une tireuse de bingo, s'empressa de dissiper en indiquant à Frédéric Berthet que la 2, la 3, la 4, la 6, la 7, la 8, la 9, la 10, la 11, la 12, la 14, la 15 et la 16 étaient libres, et c'est ainsi, si on veut bien me passer l'ellipse, une fois les formalités dûment accomplies et Olivier Chaume enfin revenu à son poste (ça allait mieux, merci), ce qui permit à Christine Trêve de regagner sa chambre juste à temps pour regarder avec Solveig le début du dixième épisode de la quinzième saison de *NCIS : Enquêtes spéciales*, que Frédéric Berthet, empochant les deux exemplaires que lui tendit le gardien de nuit de la carte magnétique faisant office de clé pour accéder à la chambre numéro 16 sur laquelle il avait au hasard porté son choix, carte soigneusement glissée au préalable dans la petite fente en biseau aménagée à cet effet dans la pochette cartonnée à l'enseigne de l'hôtel au revers de laquelle vous trouverez mentionnés le code ouifi, le numéro de la réception ainsi que les horaires du petit déjeuner, en vous souhaitant un excellent séjour dans notre établissement, c'est ainsi, disais-je donc, que Frédéric Berthet, en cette soirée du 6 janvier 2011, prit possession de la chambre numéro 16 de l'hôtel de Trêve à Bar-le-Duc, chambre dans laquelle il pénétra en proie à une fatigue comme il en avait rarement éprouvée ainsi qu'à un début de migraine qui le fit aussitôt choir de tout son long, bras en croix, sur le lit, sans même prendre la peine d'allumer la lumière ni de défaire sa valise (laquelle contenait vêtements, nécessaire de toilette, *Daimler s'en va*, guide de la Meuse, une photo encadrée (Lili), un marteau, des fioles, des seringues, des boîtes de médicaments, de la grosse ficelle et un scalpel (mais nulle trace en revanche d'une quelconque enveloppe à fermeture japonaise, à soufflet et rabat double pli, de couleur mauve, format 229 × 324 × 25 mm, ne présentant aucune inscription hormis une discrète estampille à l'encre noire, dans le coin en haut à gauche, composée d'un monogramme – PAF – à l'intérieur d'un cercle)), sans même, c'est dire, fondre en larmes comme il en avait depuis huit ans la quotidienne habitude au moment de se coucher, et c'est à peine s'il eut le temps, avant que le sommeil ne l'estourbisse, de se poser tout un tas de questions plus ou moins graves et hétéroclites telles que fatalement on s'en pose dans ce genre de circonstances, ou plutôt de laisser ces questions se poser sur lui, s'empiler sur son plexus puis lui dégringoler sur l'âme tel un tombereau de valises mal calées dans le compartiment de rangement supérieur d'un train Corail pilant subitement en rase campagne berrichonne sur la tête des passagers invités à ne pas descendre et à bien vouloir nous excuser pour la gêne occasionnée, après quoi cette fois ça y est, Frédéric Berthet dort profondément, j'allais dire du sommeil du juste mais n'exagérons rien, de l'innocent non plus, faut pas charrier, mais à tout le moins de l'ignorant, Frédéric Berthet, occupé à présent qu'il est à ronfler tout son soûl, ignorant en effet beaucoup de choses, des choses qui le concernent pourtant au premier chef, quoique pour de mauvaises raisons, ainsi que nous sommes aujourd'hui en mesure de l'affirmer avec une assurance que seul un infime mais tenace dernier scrupule dicté par un souci de prudence et de probité nous interdit de nommer certitude et comme le démontrera la suite, le fait par exemple qu'au même moment, à 250 kilomètres de Bar-le-Duc à vol de lusciniole à moustaches, dans un petit appartement à droite au fond du couloir du deuxième étage de l'immeuble sis au numéro 37 de la rue Gustave-Goublier, Paris X^e^, un autre homme, lui, a bien du mal à trouver le sommeil, mais peut-être aussi eût-il été mieux inspiré d'aller le chercher là où en règle générale il se tapit, le sommeil, dans son écosystème le plus naturel, c'est-à-dire du côté de la chambre à coucher, au lieu de quoi cet autre homme, qui, pour vous donner une succincte mais assez juste idée du personnage, ressemble à un détective privé dont les affaires ne marcheraient pas très fort, est présentement assis dans un fauteuil, derrière un bureau, au milieu d'une pièce, qui n'est donc pas une chambre à coucher mais dont la fonction n'est pas clairement identifiable non plus, bureau, boudoir, penderie, débarras, cave, grenier, placard à balai ou encore cellule de dégrisement, mille et un indices pourraient nous faire pencher vers l'une ou l'autre de ces attributions dans l'immense foutoir que constitue en tout état de cause cet espace d'environ seize mètres carrés loi Carrez et d'un peu plus de deux mètres de hauteur sous plafond au milieu duquel trône donc, quasi immobile dans son fauteuil pourtant pivotant, Yvon Castropade, lequel, à défaut de tourner et de se retourner dans son lit jusqu'à s'hébéter assez pour s'endormir, voire, tant qu'à girer, pourquoi pas dans son fauteuil, ce qui pourrait avoir le même effet et se révéler en prime assez amusant, tourne et retourne entre ses doigts, en guise de boule antistress, de superstitieuse amulette ou de réconfortant doudou, un kazoo, ce drôle d'accessoire musical proche du mirliton, de la varinette, du zobo et du vocophone que contribuèrent à populariser les Beatles, Pink Floyd ou encore Annie Cordy, dont les anthropologues s'accordent à penser que les premiers prototypes (du kazoo, pas d'Annie Cordy) apparurent il y a plusieurs centaines d'années en Afrique subsaharienne où ils étaient utilisés semble-t-il pour travestir la voix humaine lors de certaines cérémonies rituelles telles que le gule wamkulu malawite ou le kankourang des Mandingues de Sénégambie, avant qu'à Macon, Georgia, USA, l'horloger allemand Thaddeus von Clegg ne s'en attribue l'invention officielle au XIXe siècle, de manière du reste quelque peu abusive dans la mesure où fabriquer un kazoo est à la portée de n'importe quel abonné à Bricomag et beaucoup plus simple par exemple que de confectionner un trombone à coulisse puisqu'il suffit de disposer d'une feuille de papier ciré, d'un peigne et d'un peu de temps à perdre, celui-ci en l'occurrence, de kazoo, ayant été offert par Sylviane son épouse le 25 septembre 2002, pour son anniversaire, à Yvon Castropade qui à cet instant, seul et insomniaque dans son insalubre rabouillère de la rue Gustave-Goublier, le tripote donc sans guère parvenir cependant à en exprimer toutes les propriétés apaisantes et soporifiques, ni même musicales, d'ailleurs, puisqu'il n'a jamais été fichu d'en tirer le moindre son, pour la plus grande satisfaction sarcastique de ladite Sylviane étant donné qu'à l'époque, en 2002, l'harmonie maritale n'était déjà plus trop de mise, le duo ne s'entendant plus qu'à faire retentir des couacs et chacun sautant sur l'occasion de railler l'autre à la moindre fausse note, avant que bientôt la cacophonie n'envahisse le foyer de façon totale, permanente et irréversible et qu'Yvon tel un veuf ne voie sa vie vouée à reprendre le régime unicellulaire auquel vingt-six années de conjugalité l'avaient déshabitué, un régime ma foi bien fade et peu nourrissant, sans sexe ni saveur et tout aussi privé de soleil que le ciel en ces tout premiers jours de janvier 2011, lequel se résume à un uniforme linceul de grisaille glaireuse qui crachote par intermittence sa mauvaise humeur de vieillard égrotant sur les rares quidams transitant par la rue Goublier déjà peu fréquentée en temps normal, à l'image d'Yvon Castropade lui-même qu'on ne fréquente plus beaucoup non plus, et réciproquement, et que si les choses continuent à ce train tout le monde aura bientôt complètement oublié de même que tout le monde a fini par oublier Goublier, Gustave Émile Conin de son nom de jeune fille, qui fit pourtant quelques-uns des plus beaux jours de la Belle Époque en composant, pour les orchestres de l'Eldorado, du Parisiana et des Folies Bergère dont il fut successivement le chef, d'endiablées ritournelles telles que *L'Angélus de la mer* ou *Le Credo du paysan*, tout ça pour gésir depuis le 27 octobre 1926, aux seuls côtés de son fils Henri, dans un triste caveau de la quatrième division du cimetière du Père-Lachaise, Paris XXe, devant lequel les passants ne font jamais que passer, pressés qu'ils sont de se recueillir plutôt au pied du marbre de Jim Morrison ou d'aller flatter le phallus de bronze oxydé de Victor Noir, quatre-vingt-huit divisions plus loin, et avouons qu'une telle perspective (sombrer dans l'oubli, pas se faire flatter le phallus) a de quoi en effet plomber le moral d'Yvon Castropade et lui faire perdre le sommeil aussi bien que toute envie de jouer au tourniquet sur un fauteuil pivotant qui de toute façon grince, or il est peu de choses aussi intolérables (à part une craie qui crisse, une oie qui cacarde, un jars qui jean-michèle ou des roulettes de valise qui raclent sur des pavés disjoints) qu'un fauteuil qui grince, songe Castropade en jetant alors un coup d'œil au ciel derrière la fenêtre, puis à son poignet, où s'accroche une montre, dans le dubitatif espoir que ces quelques ratiocinations paresseusement désespérées aient au moins réussi à faire passer un peu de temps, mais las, les aiguilles couchées dans le cadran de sa Fossil FB-03 Chronographe Quartz, elles, semblent s'être assoupies sans la moindre difficulté, tandis que de soleil, à moins que cette accablante obscurité ne soit due à la crasse des carreaux, on décèle si peu de traces ou de promesse dans la nuit parisienne de janvier que c'est à croire que jamais il ne reviendra, le soleil, qu'il est mort, le soleil, jetant l'ombre sur ma vie et dans mon cœur la pluie, c'est dire où on en est, se désole Castropade, à fredonner tout seul le tube semi-centenaire de Nicole Grisoni dite Nicoletta par une nuit d'hiver à ne pas mettre un Inuit dehors en se tripotant le kazoo, ben mon vieux, tu parles d'un réveillon, bonne année mon cul, oui, enrage Yvon Castropade sans pour autant bouger celui-ci de son fauteuil, et de souffler alors, sans joie ni conviction excessive non plus, non pas dans son kazoo mais – *pouêêêt* – dans une langue de belle-mère de provenance inconnue exhumée du fond d'un tiroir où elle a contracté une scoliose l'empêchant de plus rien produire d'autre qu'un minable filet d'air mouillé de phlegme à faire pitié même à un mucoviscideux, après quoi parviennent péniblement à filer quelques minutes, en cohorte balourde et embarrassée, tel un troupeau de girafes essayant de se glisser sur la pointe des pattes entre les rangs d'une cérémonie crématoire sans se faire remarquer, minutes longues, lentes, silencieuses et exaspérantes, au terme desquelles Yvon Castropade, ne sachant vraiment plus quoi faire à part penser n'importe quoi de peur que la réalité ne le rattrape, finit par se demander avec un soupçon d'appréhension si ce ne serait pas lui par hasard qu'on enterre, ou plutôt qu'on incinère, même s'il faut bien avouer qu'on ne crève pas spécialement de chaud à cet instant précis dans le gourbi de la rue Goublier, vu que la chaudière, pressentant sans doute quelle année pourrie se profile et préférant ne pas s'en rendre thermiquement complice, a eu la riche idée de cramer son brûleur hier soir, ce qui n'a évidemment rien arrangé à l'espèce d'engourdissement généralisé, mental autant que physiologique, dont Yvon semble la proie depuis quelque temps, à tel point qu'il n'est pas jusqu'à son cerveau désormais, dans la glacière de sa boîte crânienne, qu'il ne sente prendre peu à peu la teinte, la texture et l'alacrité d'un chou-fleur de chez Picard, donnant au passage rétrospectivement raison à Sylviane qui affectionnait souvent, dans les derniers temps de leur idylle, c'est-à-dire les dix-sept dernières années, de le traiter de grosse légume (métaphore dont elle usait et abusait toutefois sur un ton, lui semble-t-il aujourd'hui avec le recul, comme on dit chez les armuriers, de moins en moins affectueux au fil du temps et qui, sur la fin, n'avait vraiment plus rien de maraîcher ni de charitable), mais à quoi bon ressasser tout ça, mon pauvre Yvon, allons, à quoi bon, cesse donc de ressasser et ressaisis-toi un peu, quoi, merde, et Yvon Castropade, pour se ressaisir, se désengourdir, ne pas perdre pied ni la main, d'écraser alors impitoyablement la langue de belle-mère sur son bureau à l'aide d'un épais dictionnaire yiddish-tamoul qui trouve enfin là son utilité – *chclac* –, comme une blatte, ce qui malgré l'absence de toute giclure produit son petit effet en termes de satisfaction et de soulagement, effet néanmoins de courte durée, et d'intensité modérée, moindre en tout cas que n'en eût procuré la destruction d'une taupe, certes, même si c'eût été aussi plus salissant, et puis allez trouver une taupe, ce n'est pas du tout la saison, se raisonne Yvon qui n'arrive décidément pas à s'extraire de sa torpeur pour se mettre au travail, alors que du travail il en a, et pas qu'un peu, et qu'il faudrait voir à s'en occuper *pronto*, car il sait très bien ce qui l'attend, le détective Yvon Castropade, s'il ne s'acquitte pas *fissa* de la mission qui lui incombe, une mission somme toute assez simple, puisqu'il s'agit tout bonnement de retrouver quelqu'un, autrement dit le b.a-ba du métier, un dénommé Frédéric Berthillon, ou Marmiton, ou Martin, enfin un nom comme ça, détenteur (d'après le commanditaire de ladite mission) d'un objet de la plus haute importance (du moins pour ledit commanditaire), à savoir une enveloppe à fermeture japonaise, à soufflet et rabat double pli, de couleur mauve, format 229 × 324 × 25 mm, ne présentant aucune inscription hormis une discrète estampille à l'encre noire, dans le coin en haut à gauche, composée d'un monogramme – PAF – à l'intérieur d'un cercle, mais rien à faire, Castropade demeure vissé à son fauteuil par une force d'inertie plus puissante que toutes les menaces, lesquelles planent cependant sur lui en nombre, comme le lui a signifié sans la moindre ambiguïté toujours le même commanditaire, qui, si pingre qu'il ait été de précisions sur le reste de l'affaire, et en particulier sur ses propres motivations, a été prodigue de détails en revanche sur les risques encourus à court terme au niveau de la moelle épinière par Yvon Castropade si jamais il avait la mauvaise idée d'échouer, or l'échec se profile maintenant à grande vitesse à l'horizon d'Yvon que toutes les pistes qu'il a suivies jusqu'à présent ont mené à des impasses, alors qu'au début les choses semblaient se présenter plutôt pas mal pour lui, à l'époque bénie où il n'avait encore jamais entendu parler de Slobodan Vlasiković, ni de Chatzkel Namasivayam, ni, surtout, d'un certain Paul-Albrecht Flamurd, à la sombre destinée duquel la sienne allait bientôt se retrouver inextricablement mêlée, ce qu'il n'avait bien évidemment aucun moyen de savoir car il faut bien se rappeler que l'affaire Flamurd n'avait pas encore éclaté, et si personne aujourd'hui, à part peut-être les derniers survivants de quelque tribu de nudistes peinturlurés du fin fond de la forêt pluviale péruvienne trop occupés à se fabriquer des étuis à kiki et à se dilater les lobes auriculaires en sautillant autour d'un méchoui d'hominidé pour regarder le journal télévisé de Laurent Delahousse, n'en ignore les rocambolesques rebondissements internationaux (ah ! le fameux dernier feuillet du relevé de compte offshore luxembourgeois retrouvé par le jardinier érythréen sous le coussin de la panière du spitz japonais de la belle-sœur biélorusse du promoteur immobilier chilien à Istanbul !) ni le phénoménal chambard médiatique auquel pendant de longs mois elle a donné lieu, reconnaissons qu'on n'a pas fait autant de battage autour des répercussions pourtant non moins conséquentes (quoique à une échelle plus intime) que devait avoir cette même affaire Flamurd (quoique de façon indirecte) sur la trajectoire personnelle d'Yvon Castropade, répercussions que nous pouvons néanmoins rapidement résumer à présent sans craindre de subir de quelconques représailles, ce qui pendant longtemps ne fut pas le cas, tant la seule évocation des noms de Flamurd, Vlasiković ou Namasivayam inspirait à tout un chacun une sainte terreur dont fort heureusement nous voici désormais libérés, délivrés, même si l'on ne saurait en dire autant des quelques pauvres diables qui eurent l'infortune de côtoyer de près ou de loin ces peu recommandables personnages dont les spectres continuent de les hanter, ainsi notre ami Yvon par exemple, qui n'était pas devenu insomniaque pour rien et qui jamais, depuis le jour maudit où sa route croisa celle des trois scélérats susnommés, ne devait retrouver tout à fait la sérénité qui jadis avait été la sienne, du temps où il s'appelait encore Gilles Capodastre et où il n'était pas du tout détective – quoiqu'il eût toujours rêvé d'embrasser cette profession éminemment cinégénique et sans doute assez séduisante, songeait-il, pour l'aider à regagner le cœur et les faveurs de Sylviane ou, à défaut, s'attirer celles de la voisine du dessus ou de la boulangère du dessous – mais bibliothécaire, figurez-vous, bien que je ne sache plus trop où, du côté de Groix, je crois, ou de Niort, ou de Nevers, le fait est que parfois on s'y perd, car il avait tant et si bien bourlingué qu'il n'était pas évident de le pister dans le dédale des affectations successives qui l'avaient pendant quelques années trimballé d'un coin aux cinq autres de l'Hexagone, or aller ici, venir là, un jour chat, un autre rat, libre comme l'oiseau qui vit d'air pur et d'eau fraîche l'oiseau, Capodastre n'avait rien contre au début, c'était même plutôt pas désagréable, et puis c'était beau la France, ses clochers, son bestiaire, sa glèbe, sa plèbe et ses 2 380 variétés de fromages (à la louche), mais très vite cependant il s'était rendu compte que les voyages, s'ils forment proverbialement la jeunesse, avaient à l'inverse et assez logiquement plutôt tendance à déformer la vieillesse, et de fait il avait mal au dos, et aux os, et aux pieds, et il était fatigué, bref, c'était bien gentil de jouer au routard attardé mais il se serait volontiers posé ici ou là plus de trois semaines d'affilée, ce à quoi le sort semblait toutefois s'opposer avec acharnement, si bien que, pour des raisons diverses et qui chaque fois lui échappaient peu ou prou, ses missions culturelles tournaient toujours court et le voilà qui devait, à peine arrivé à Paimpol, Knokke-Le Zoute ou Lamothe-en-Blaisy, ramasser sa fierté et son baluchon pour repartir sur les routes en quête d'un nouveau point, littéralement, de chute, sans que jamais ses vertigineuses dégringolades ne cessent, sans que jamais de ce tunnel il ne voie la fin, ou de ce puits le fond, car, qu'il fût préposé au reclassement par ordre alphabétique des retours (il est vrai que sa dylsexie ne le prédestinait pas à ecxeller dans ce domaine), à la plastification des nouveaux ouvrages reçus (besogne plus délicate encore qu'ingrate, qu'il fallait être agrégé d'origami pour exécuter à la pleine et entière satisfaction de la sourcilleuse supériorité hiérarchique), à l'organisation des goûters-lecture dominicaux hors les murs à l'EHPAD Pierre-Guyotat (duquel la prose, hélas ! hélas ! hélas ! n'était apparemment pas la tasse de tisane de ces dames chenues dont elle semblait froisser quelque peu la sensibilité et la mise en plis) ou encore à l'entretien de la machine à café (et à ce propos Gilles nourrissait encore de sérieux doutes quant à son degré de responsabilité dans les incidents regrettables qui avaient expédié trois fidèles de la bibliothèque Goulc'han-Kervella de Plouzané tout droit au service des urgences de l'hôpital d'instruction des armées, 37 rue Colonel-Fonferrier, 29240 Brest (ne dites pas que vous venez de ma part), l'un pour brûlure palatale au troisième degré, le deuxième pour fracture du métacarpe et le dernier pour choc anaphylactique suite à l'absorption d'un breuvage mal référencé qui s'était révélé être une soupe de tomate lyophilisée au lieu d'un mocaccino), quoi qu'il en soit, donc, quoi qu'on lui confiât et où qu'il échouât, Gilles Capodastre échouait, Gilles Capodastre n'en finissait pas d'échouer et finissait très vite en conséquence par se faire remercier, terme cela dit peu idoine en la circonstance, sinon franchement déplacé, son congé lui étant la plupart du temps signifié non seulement sans préavis mais sans effusion notable de salamalecs non plus, pour ne pas dire avec au contraire un grand coup de pied au cul, mais du calme, philosophait Gilles en se relevant et en époussetant son paletot fripé sur le parvis de la médiathèque François-Busnel de Merlieux, la hanche endolorie et la narine gauche croûtée de sang, ne nous énervons pas, et notre vaillant petit bibliothécaire contrarié mais pugnace de reprendre son bâton de pèlerin pour s'en aller proposer sous des cieux plus cléments sa force de labeur et sa passion de la chose littéraire empruntée, sans grand succès cependant, jusqu'au jour où, enfin, dernier clou du spectacle dans le cercueil, il y avait eu l'affaire, la fameuse affaire mais non, voyons, pas l'affaire Flamurd, pas tout de suite, essayez de suivre un peu, mais « l'affaire Capodastre » (comme ne tarderaient pas à la baptiser la PQR à sensation ainsi que les principaux organes d'information bruxellois qui pendant quelque temps en feraient grassement leurs choux), bien que les deux fussent plus ou moins contemporaines et même si les tenants de l'une allaient en fin de compte croiser les aboutissants de l'autre, en tout cas en ce qui concernait Capodastre, qui préférait pour sa part ne pas en parler du tout s'il avait le choix et, s'il ne l'avait pas, parler plutôt de « l'affaire Tirelipimpon », appellation à but clairement déflatoire qui, quoiqu'elle ne manquât pas de chien ni d'autodérision, ne fit malheureusement guère florès dans les médias une fois que cette caravane-là fut passée et qu'eurent cessé les aboiements, mais je m'explique et je tâche de vous la faire courte car j'en vois qui ne seraient pas contre une petite pause-pipi tandis que d'autres, dans un registre voisin, se demandent où est passé Frédéric Berthet dans tout ça et si on ne serait pas en train d'essayer de nous faire prendre des prostates pour des lampadaires par hasard, et à ceux-là je dis patience, mes amis, patience, retenez-vous encore un peu, car tout vient à point à qui trop embrasse, comme tout vint à point ce jour-là, et même saignant, pour Gilles Capodastre qui, après avoir passé au peigne fin une partie non négligeable des 34 968 communes de notre glorieux pays encore plus friand de belles-lettres que de saint-marcellin, écumant bon nombre de ses quelque 16 300 « points d'accès au livre », selon la nomenclature officielle de l'École nationale supérieure des sciences de l'information et des bibliothèques, et à des titres variés marqué pour longtemps la mémoire des usagers des médiathèques Marguerite-Yourcenar à Cleenewerck-sur-Crayencour, Michel-Bussi à Ussy, Michel-Sardou à Saint-Pardoux ou encore Apollinaire-Anova à Nouméa, commençait à douter un chouia de sa vocation mais décida nonobstant de s'octroyer une dernière chance et, au diable un patriotisme dont il avait été trop mal payé de retour, s'en alla la tenter outre-Quiévrain, plus précisément à Ham-sur-Heure-Nalinnes, coquette commune wallonne et vallonnée qui, elle, compte 13 529 habitants (soit un ratio d'environ 6,7 Ham-Nalinnois pour

1 Gyönkéniste) et peut s'enorgueillir, outre de son blason d'or à quatre pals de gueules à la bordure engrêlée d'azur ainsi que de ses célèbres marches de l'Entre-Sambre-et-Meuse inscrites au patrimoine immatériel de l'Unesco, d'une alors flambant neuve bibliothèque Émile-Wandelmer, laquelle, non contente d'étancher la soif culturelle du tout-venant ham-nalinnois, se transformait le samedi soir en un démoniaque bar-à-fléchettes-bowling-disco-karaoké-soirée-mousse pour entraîner le tout-venu jusqu'au bout de la nuit et tout cela semblait ma foi fort prometteur, s'était frotté les mains Capodastre qui se voyait déjà demander la nationalité et pourquoi pas l'asile politique ou à tout le moins fiscal, mais c'était sans compter sur l'administration de la bibliothèque Émile-Wandelmer qui, dans sa belge candeur et l'embarras où la mettait un problème pressant de pénurie de personnel, crut bon d'embaucher sans trop se soucier de ses antécédents le candidat Gilles Capodastre, lequel avait certes aligné un C.V. long comme le bras d'un vétérinaire de campagne spécialisé dans l'aide au vêlage, pour le nommer sans autre forme de procès ni période d'essai à la direction de la section jeunesse, et là c'est le drame, l'étagère, l'escabeau, *Ma Première Encyclopédie géante des animaux de la savane*, le chihuahua, le petit Jordan, on ne la connaît que trop bien, la suite de la triste

affaire Tirelipimpon, mais ce qu'on sait moins en revanche, si on veut bien me repasser l'ellipse, c'est que la vie quotidienne en milieu carcéral, dont le grand public, ce grand gogo, se fait une représentation légèrement gauchie par l'industrie du divertissement, n'est en réalité pas si atroce que ça, du moins dans le cas spécifique de Gilles Capodastre, plus connu à l'époque sous le matricule #37392, dont on aurait tort de se figurer sous un jour par trop sordide les cinquante-sept mois et des poussières (surtout des poussières) qu'il devait passer au sein de la prison de Forest-Berkendael, avenue de la Jonction 52, 1190 Forest, Belgique, même si on imagine bien qu'il est peu plaisant de séjourner vingt-deux heures sur vingt-quatre pendant 1 743 jours en compagnie de deux coturnes (dont l'un particulièrement volumineux) dans une cellule qui n'a rien de psychologique et dont la superficie n'excède pas les douze mètres carrés douche comprise, ni de manger tous les matins son bol de Chocapic en face du Tueur à la scie sauteuse de Hoogstraten, dont les manières à table aussi laissent à désirer, ni moins encore d'essayer chaque soir de s'endormir allongé sur son grabat rêche avec le même peu fréquentable individu à septante centimètres en dessous de vous qui, somniloque, passe ses nuits à dresser l'inventaire de ses horrifiques exploits et, septante centimètres au-dessus, un plafond d'amiante jaunâtre et cloqué qui goutte, bien sûr, mais enfin il y a pire, songez par exemple que beaucoup de gens vivent en Chine, or des Chinois, curieusement, il n'y en avait pas à la prison de Forest-Berkendael (à part un gars en cuisine, qu'en cinquante-sept mois on n'a jamais entendu prononcer le moindre idéogramme, dont on n'a donc jamais su le nom et que les autres détenus étaient convenus entre eux, faute de mieux, d'appeler Marcel), mais de tout le reste il y avait à foison, du Belge évidemment mais aussi du Finlandais, du Zambien, de l'Arménien, du Guatémaltèque et du Hongrois, du Malgache et du Saint-Pierre-et-Miquelonnais, du Suisse et même du Français pur souche de la plus basse et commune espèce, et quoique nul sociologue à ce jour n'ait su expliquer le comment ni le pourquoi d'une telle singularité démographique, le fait est que la prison de Forest-Berkendael (surnommée « la Forêt de Babel » par les plus instruits de ses résidents (14 alphabètes sur 695 détenus), alors que le quotidien français *Libération*, au milieu des années 1980 (du temps de sa splendeur finissante, donc, juste avant son rachat par la filiale Carambar du conglomérat ouest-allemand Haribo), dans un reportage aux accents résolument lacano-foucaldiens dénonçant, je cite, « la charge coercitive du régime de surveillance punitif fondé sur la transmutation systémique en devenir-ça de l'objet-sujet *petit a*» qui sévissait au sein des institutions pénitentiaires européennes et je ne vous parle pas de l'état des latrines, lui avait pour sa part trouvé le goguenard sobriquet de « Prison Benetton ») était devenue au fil du temps une sorte de gigantesque arche de Noé humaine, brassant une population aussi multicolore, multiculturelle et multiconfessionnelle que multirécidiviste qui faisait jour et nuit bruire ses coursives d'un crépitant brouhaha de langues entremêlées, toutes plus déliées les unes que les autres (ainsi, de cellule en mitard, sur le mode d'un téléphone qu'il serait ici non seulement tendancieux mais réducteur de qualifier d'arabe, pouvait-on entendre un *Coño de su madre* fuser en réplique à un *Krijg de klere*, un *Gloop si ko tursky kooratz* se voir sèchement rembarrer par un *Suksi vittuun*, ou encore un *Tristo hrmenych* se prendre en boomerang un *Mbulu mama ku* bien senti), pour le plus grand bonheur de Gilles qui n'en parlait aucune et n'entendait, dans ce feu d'artifice de baragouinages, qu'une mystérieuse mélopée polyphonique dont la bigarrure lui était une consolation envoûtante et bienvenue lorsque, la nuit, étendu sur sa paille, il pensait à la vie, à sa vie, au petit Jordan, et qu'il pleurait, et puis aussi, n'en déplaise aux idées reçues, l'ordinaire n'était pas si infect, le jeudi par exemple il y avait des frites, ce qui à soi seul suffisait à classer la prison de Forest-Berkendael dans le *Top Ten* des geôles les moins inhospitalières de la planète, à quoi il faut ajouter pour parfaire le tableau que, dans l'ensemble, les pensionnaires de ce noble établissement étaient eux aussi plutôt de bonne composition, et à condition de se tenir sagement à l'écart des éléments les plus nationaux-socialistes du lot, des motards, des forcenés de la fonte, des tarés du tatouage, des maniaques de la méthadone, des fans de foot, des vapoteurs, des inconditionnels de la savonnette, des Suisses, des pédophiles chauves et des évangélistes hirsutes, des diabétiques, des végétariens et des natures les plus soupe au lait de manière générale, on pouvait même se faire d'assez bons copains, j'en veux pour preuve les trois individus qui se partageaient, dans un remarquable esprit de convivialité, d'empathie et de respect mutuel (précurseurs ainsi, à leur humble manière, du plus grand bond en avant socio-comportemental que devait accomplir *Homo sapiens* à l'orée d'un XXIe siècle qui s'annonçait décidément croquignolet, j'ai nommé le « vivre-ensemble »), la cellule numéro 15 du bloc A de la prison de Forest-Berkendael, à savoir Gilles Capodastre, qu'on ne présente plus, Chatzkel Namasivayam, qu'on va tout de suite présenter, et enfin (après que Bernard Pichon-DeGroot, dit le Tueur à la scie sauteuse de Hoogstraten, eut dû être transféré dans une autre structure étatique de contention en raison de certaines divergences de vues avec l'équipe d'animation carcérale) Slobodan Vlasiković, mais commençons comme promis et pour que tout soit bien clair par nous pencher en premier lieu sur le cas de Chatzkel Namasivayam, ce pour quoi il va nous falloir procéder à un petit rembobinage, quitter le plat pays et faire l'impasse sur les six années précédant la rencontre des trois zigotos susdits (à regret, car on se serait bien arrêté quelques instants sur l'ahurissante victoire, le 6 juin 2004, de l'Argentin Gastón Gaudio aux Internationaux de France de Roland-Garros contre son compatriote Guillermo Coria (0-6, 3-6, 6-4, 6-1, 8-6), suivie quelques jours plus tard, c'est à peine croyable, des disparitions successives de Ray Charles, Marlon Brando et Jean Lefebvre, ou encore sur la non moins stupéfiante élection à l'Académie française de Valéry Giscard d'Estaing, issu lui aussi des qualifications, le 11 décembre 2003, autrement dit, ça paraît fou, soixante-dix-huit ans jour pour jour après la publication de l'encyclique *Quas primas* du pape Pie XI instituant la fête liturgique du Christ roi de l'univers, mais tant pis, ce sera pour une autre fois) afin de nous transporter incontinent au mois de septembre 2001, et plus précisément au mardi 11 septembre 2001, or je vous vois venir avec vos gros sabots et votre mauvais esprit mais vous n'y êtes pas du tout, car je rappelle que ce n'est pas parce qu'il s'est passé quelque chose qu'il ne s'en est pas passé d'autres, or ce qui nous intéresse en l'occurrence, dans le mardi 11 septembre 2001, c'est qu'il s'agit du jour où, alors que certes, ailleurs dans le monde, très loin de là, 200 000 tonnes d'acier et 425 000 mètres cubes de béton s'effondrent dans un fantastique nuage de suie dont on conçoit en effet qu'il éclipse quelque peu le reste de l'actualité, le jeune et aventureux Chatzkel Namasivayam fait ses adieux à Sri Jayawardenapura Kotte, capitale administrative du Sri Lanka, plus communément appelée Kotte par charité pour les bègues et située à 8 399 kilomètres de Forest-Berkendael à vol de gypaète barbu, qui voit du coup (Sri Jayawardenapura Kotte, pas Forest-Berkendael, ni le gypaète) sa population décroître brutalement d'un ressortissant et passer ainsi à 115 825 âmes, soit l'équivalent de la grande agglomération mulhousienne et un rapport de 57,6 Srijayawardenapurakottais pour 1 Gyönkistador, ce qui ne change pas fondamentalement la donne mais quand même, pour cette cité érigée au XIIIe siècle sur les rives marécageuses du Diyawanna Oya, moins célèbre que le beau Danube bleu quoique pas mal non plus dans le genre fleuve, par le valeureux chef féodal Nissanka Alagakkonara qui en fit bâtir le fort et les douves originels afin de repousser les assauts des intraitables percepteurs du royaume ennemi de Jaffna, car en ce temps-là je vous prie de croire qu'on ne plaisantait pas avec la taxe sur la redevance, Sri Jayawardenapura Kotte qui par ailleurs a beau signifier en tamoul « la sainte ville forteresse de la transcendante victoire » (où l'on voit, quoi qu'en dise l'intrépide explorateur berbère du XIVe siècle Ibn Battûta dans ses mémoires, *Chef-d'œuvre pour ceux qui contemplent les splendeurs des villes et les merveilles des voyages*, que la modestie n'était pas la plus flagrante des qualités du petit père Nissanka, mais enfin il en avait d'autres et je voudrais bien vous y voir) a renoncé il y a longtemps à ses inclinations belliqueuses pour se transformer en ce qu'on appellerait volontiers de nos jours sur nos côtes bas-normandes un charmant port de plaisance, même si certains Honfleurais aux épaules drapées de jacquard et autres persifleurs calvadosiens pleins de morgue et de résidences secondaires ne manqueraient sans doute pas d'objecter qu'en fait de plaisance, vous m'excuserez mais on a connu mieux que cette pouilleuse localité tiers-mondiale horriblement polluée, bruyante et, ne mâchons pas nos mots, assez avare en joyaux de l'architecture cinghalaise, dont l'intérêt quasi unique est de jouxter la capitale économique, Colombo, tout aussi dépourvue d'attraits mais dotée, elle au moins, d'un aéroport international à peu près fonctionnel grâce auquel on peut fuir au plus vite ce miséreux berceau de mécréance dont la réputation à juste titre désastreuse dans la zone sous-continentale indienne tient surtout à son taux élevé de mortalité infantile, au faible développement de son réseau de magasins d'alimentation bio et au fort pourcentage en revanche de lépreux au sein de sa population au demeurant très sympa, mais n'écoutons pas ces mauvais coucheurs, écoutons plutôt le Nazairien qui vous le dira, lui qui vote majoritairement à gauche et construit des bateaux au lieu d'en porter aux pieds comme son beau-frère trouvillais, le Srijayawardenapurakottais, en dépit des tsunamis et des tracasseries dermatologiques il est vrai non moins fréquentes qui lui enquiquinent une existence déjà pas facile-facile en termes de subsistance, de transports en commun et d'étanchéité au sol, est un individu qui gagne à être connu, car humble, attentif à son prochain, enclin à la rigolade et d'une générosité inversement proportionnelle à son revenu fiscal de référence, il se mettra en quatre pour vous faire oublier l'affligeante indigence du décor dans lequel il tente tant bien que mal de vivoter et pour rendre agréable votre séjour dans sa guerrière forteresse d'antan dont il a fait une vaste auberge cosy, fraternelle et pas chichiteuse, où il fait bon partager avec l'indigène et sa rotonde épouse une grande gamelle de *gottu kola mallum* assaisonné de curcuma, de sève de kitul et de tout aussi savoureuses plaisanteries locales (vous la connaissez celle du cul-de-jatte bangladais qui entre dans un bar ?), mais alors pourquoi, me direz-vous, quitter un endroit si chaleureux pour aller s'enterrer dans les froids confins d'une Europe occidentale bouffie d'hypocrisie et d'arrogance dont même le plus demeuré des descendants du dynaste suprême Parakramabahu V doit tout de même bien savoir dans quelle estime elle tient les rejetons de sa noble patrie et quel accueil elle réserve, sous ses airs affichés d'ouvrir grand les bras à la souffrance du monde, à, je cite, tous ces dégoûtants petits profiteurs brunâtres et moustachus qui, prenant bêtement les choses au pied de la lèpre, ont l'outrecuidance de venir jusque dans lesdits bras nous arracher le naan de la bouche, nous piquer nos emplois et nos sacs à main et pourquoi pas égorger nos fils et nos compagnes pendant qu'on y est, et de fait c'est une excellente question, à laquelle bien malin cependant qui eût deviné la réponse dans le cas particulier du jeune et aventureux Chatzkel Namasivayam, celui-ci ayant en effet décidé de partir pour des raisons non pas bassement économiques mais hautement spirituelles au contraire, car figurez-vous qu'il s'était peu de temps auparavant converti, je vous le donne en mille, au judaïsme, or même si *mazel tov*, bien sûr, force est de reconnaître que dans un pays de 22 576 592 habitants confessionnellement composé à 75,3 % de bouddhistes d'obédience theravāda, 14,9 % d'hindous et 7,5 % de mahométans, une poignée d'irréductibles chrétiens, animistes, témoins de Jéhovah et autres marxistes-léninistes se partageant les 2,3 % restants, comment dire, eh bien disons que la chose était mal passée, même si attention, loin de nous l'idée d'insinuer que le Sri-Lankais est aussi foncièrement antisémite que le premier militant venu des Kameradschaftsring Nationaler Jugendverbände (de un, c'est faux, et de deux, ce serait vraiment la poêle qui se moque du poêlon, vu que bon, hein, commençons donc avant de donner des leçons d'éducation civique au reste du monde par balayer devant les portes de notre propre histoire, bien assez souillée encore d'ignominies dont le souvenir est loin d'avoir dit son dernier mot, tant il est vrai que la honte est prompte à retourner sa veste pour mieux se dissimuler sous les oripeaux de la fierté et du patriotisme, et ensuite on en reparle), simplement, le judaïsme et tout ça, comment dire, eh bien disons qu'on a beau être plutôt pas regardant au chapitre œcuménique, avec nos 3 837 divinités aux bras non moins multiples, on ne savait pas bien ce que c'était au juste, le judaïsme, à Sri Jayawardenapura Kotte, et le pauvre Chatzkel (né

Sanjeewa), sitôt fait son coming out spirituel, s'était retrouvé en butte à l'incompréhension et à l'intolérance de sa famille, laquelle avait catégoriquement refusé de lui organiser une bar-mitsva de rattrapage à l'occasion de son vingt-sixième anniversaire et se demandait ce qu'elle avait bien pu faire à Ganesh pour mériter ça, et force est d'admettre que la question se posait, or raconter par quelles improbables facéties du fatum le jeune Sanjeewa avait découvert la religion abrahamique et en était venu à épouser les préceptes de la Torah, des Nevi'im et des Ketouvim serait certes tout à fait passionnant mais nous contraindrait, je le crains, à nous lancer ici dans une très légère digression qui nous éloignerait par trop de notre propos, ce qu'à YHWH ne plaise, en conséquence de quoi on ne nous en voudra pas de reprendre le tefillin de notre récit là où nous l'avions laissé tantôt, c'est-à-dire au matin du mardi 11 septembre 2001, jour donc où Chatzkel Namasivayam, kippa sur le crâne et sac à dos sur le dos, tourna celui-ci à sa terre natale pour s'en aller vivre pleinement sa foi, où ça précisément il n'en savait rien encore mais dans un coin de la planète en tout cas plus habitué aux us et coutumes hébraïques, aux tsitsit et aux pogroms, tandis que ses parents, Samadhi et Chathura, dévastés de chagrin, se précipitaient au temple de Raja Maha Vihara en se lacérant la poitrine afin de prier pour le prompt retour de leur schismatique progéniture dans le giron plantureux de Prajnaparamita, laquelle leur fit cependant comprendre de son fielleux petit sourire de déesse bouddhique et boudinée au silence cruellement éloquent qu'ils étaient bien gentils mais qu'ils s'étaient trompés de crèmerie et qu'y avait pas marqué mur des Lamentations, là, ensuite de quoi monsieur et madame Namasivayam s'en retournèrent dans leur F2 le *shalwar* entre les jambes et la mort dans l'âme, comprenant qu'il était écrit que leur petit Chatzkel chéri ne devait pas revenir, comme il était écrit qu'eux-mêmes, Chathura et Samadhi, devaient tous deux quitter ce monde de tourments et de sempiternelles déconvenues pédagogiques pour rejoindre la Terre de la Parfaite Béatitude, en 2007 (lui renversé par une girafe enragée échappée du jardin zoologique de Dehiwala, elle, six mois plus tard, des suites d'un cancer du pancréas), sans avoir jamais revu la prunelle de leurs yeux injectés de jus de bétel, laquelle prunelle, entre-temps, avait fait un sacré bout de chemin, car Chatzkel Namasivayam marcha, il marcha beaucoup et il marcha encore, il marcha seul, dans les rues qui se donnent, sans témoin sans personne, le long de la côte ouest sri-lankaise que guidé par Elohim il remonta patiemment, de village en bidonville et de mégalopole en léproserie, si bien que le 13 septembre il est déjà à Wennappuwa, le 15 à Norochcholai, d'où, par le lagon de Puttalam, il entre dans la mer, saute avec d'autres candidats à l'aventure dans une embarcation de fortune qui leur fait rapidement franchir le golfe de Mannar et les dépose, le 16 au matin, sur l'étroite langue sableuse de Dhanushkodi et ça y est, déjà Chatzkel se trouve en Inde et plus qu'à 8 167 kilomètres de la charge coercitive du régime de surveillance punitif qui l'attend à Forest-Berkendael et qu'il s'empresse de rejoindre à grands pas, car le voici qui le 4 octobre débarque à Coimbatore, puis qui passe novembre à Sangli-Miraj-Kupwad, décembre à Jaipur, le Nouvel An à New Dehli, et même si à partir du 3 janvier 2002 on craint le pire car on perd alors sa trace du côté de Lakhimpur, à quelques pâtés de maisons de l'Himalaya, loué soit Adonaï on le retrouve trois ans plus tard à Shakhrikhan, en Ouzbékistan, où il est arrivé à pied par la Chine, après quoi il connaîtra Achgabat la Turkmène, les perses Shahroud et Tabriz, avant de déambuler en Turquie dans les rues de Batman et de Bozüyük puis de tremper ses orteils endoloris dans les eaux marmaréennes de Yalova, et le jeudi 13 octobre 2005, jour de Yom Kippour, pardonnez-le mon Dieu, il est là enfin, à Constantinople, un pied de part et d'autre du détroit du Bosphore, c'est-à-dire aux portes de l'Europe, en laquelle il croit encore à ce moment-là trouver sa terre promise mais qui sera pour ainsi dire son cercueil, et c'est sur les rives d'un Danube qui est assez beau en effet mais très loin d'être bleu, le samedi 28 avril 2006, que commence à se sceller le couvercle de celui-ci (son cercueil, pas le Danube), et avec lui son destin, lorsque, au café Poslastičarnica Vremeplov, Bulevar Oslobođenja 96, Novi Sad, 21 102 Serbie, où il a fait halte pour se restaurer de trois petits *krofne* à la confiture de groseilles amollis dans un dé à coudre de café, ainsi que dit plaisamment le proverbe byzantin, « noir comme l'enfer, fort comme la mort et doux comme l'amour », un type l'aborde, que dis-je, un authentique malabar, formidablement musculeux, affable et terrifiant, qui d'une voix à décorner les nonnes se présente – « Slobodan ! » –, tendant une paluche large comme un bac indochinois à un Chatzkel Namasivayam éreinté par son odyssée et pas trop-trop rassuré, puis dit à ce dernier, la gueule fendue d'un sourire pour le coup patibulaire ni très bouddhique, « *Zdravo dečko, ne izgledate u zaslepljujućem obliku, mogu li da sednem ?* », joignant aussitôt le geste à la parole sans attendre la réponse d'un Chatzkel momentanément réduit au mutisme par l'épouvante, après quoi la conversation s'engage tout naturellement, enfin c'est-à-dire qu'on n'a pas trop le choix non plus, même si, passé la frayeur initiale et même un début de miction dans le pantalon, les choses s'enchaînent contre toute attente assez bien voire pas mal du tout, tellement pas mal du tout en vérité qu'à compter de cet instant Chatzkel Namasivayam et Slobodan Vlasiković ne vont plus se quitter, pour le meilleur et pour le pire, le pire arrivant d'ailleurs très vite, dès le 7 septembre 2006, à Morlanwelz, pas très loin de Charleroi, quand, à 8 heures 37, peu avant l'ouverture, l'alarme de la bijouterie Ville de Lumière, tradition, fantaisie et savoir-faire depuis 1986, retentit, alertant la police locale et la gendarmerie nationale belge qui arrivent sur les lieux moins de trois minutes plus tard, offrant aux quelques riverains et passants matinaux que tout ce tintamarre a fait converger vers la rue Raoul-Warocqué où se déroule la scène une nouvelle preuve de leur efficience devenue légendaire depuis la fameuse affaire dite des enfants-taupes de Chapelle-lez-Herlaimont, et cernent en moins de temps qu'il n'en faut pour retourner le potager d'un électricien ixellois les deux individus présents dans la boutique, à l'intérieur de laquelle ils se sont maladroitement enfermés dans leur précipitation à foutre le camp (il faut dire que «*Narakattiliruntu veliyēruvōm !*» s'est écrié Chatzkel, à quoi «*Ne razumem ništa šta kažete !*» a répliqué Slobodan, ce qui n'a pas beaucoup aidé) après avoir eu à peine le temps d'y dérober cinq montres Tag Heuer Monaco Héritage Steve McQueen '66, deux colliers en plaqué or, vingt-sept paires de créoles fantaisie, une loupe et trois stylos Bic 4 Couleurs, lesquels sont rapidement appréhendés (les deux individus, pas les Bic 4 Couleurs), menottés et placés à l'arrière du fourgon qui évacue tout aussi vite la rue Raoul-Warocqué où l'on se hâte de circuler puisqu'il n'y a plus rien à voir et rien encore à boire, la Taverne du Brasseur voisine ne levant le rideau que dans une heure, alors qu'au fond du panier à salade, qui se dirige maintenant à tombeau ouvert vers le commissariat le plus proche, c'est le bouillon pour ce pauvre Chatzkel Namasivayam, sur qui son comparse courroucé fait pleuvoir un déluge de postillons et de serbes imprécations, l'agonissant de moult «*Kretenu sve si propustio !*» et autres amabilités auxquelles Chatzkel serait bien en peine de rétorquer quoi que ce soit, si bien que c'est en silence que nos deux pieds nickelés poursuivent leur périple, en silence qu'ils attendent d'être traduits en justice, en silence qu'ils écoutent tomber la sentence et en silence, immatriculés de frais sous les numéros #38712 et #38713 respectivement, qu'ils franchissent le seuil de la cellule 15 du bloc A de la prison de Forest-Berkendael dans l'après-midi du 23 février 2007, alors que Gilles Capodastre s'y trouve depuis déjà deux ans, cinq mois et vingt-six jours, dont deux ans, cinq mois et vingt-cinq jours en étroite cohabitation avec Bernard Pichon-DeGroot que, transféré la veille, on se prendrait presque à regretter en voyant débarquer cet étrange duo, composé d'un tout petit bonhomme à la physionomie d'origine assez indécidable, entre je dirais le sikh du sud-ouest du Rajasthan et un cousin éloigné de mon grand-père juif ashkénaze de Törökszentmiklós, et, lui emboîtant le pas et le dépassant de trois bonnes têtes et demie, d'un monstre, c'est bien simple, à la physionomie pour le coup parfaitement identifiable, d'ailleurs c'est tout à fait comme ça que je me l'étais toujours imaginé, l'assassin de mon grand-père juif ashkénaze de Törökszentmiklós, et la vie dès lors de reprendre son cours normal, si tant est du moins qu'on puisse parler de normalité, ou même de vie, quand se sont refermées sur vous les portes du pénitencier et qu'a disparu de votre horizon un soleil qui de toute façon n'était pas fait pour vous, mais enfin une vie quand même, et même une vie pas si désagréable au final, sinon carrément pépère car frites le jeudi mais aussi moules à Noël, pas beaucoup d'agressions, pas beaucoup de mutineries, à peine un petit coup de surin par-ci par-là pour se divertir et puis les douches bien sûr, les gardiens sympas dans l'ensemble, l'aumônier sympa aussi qui ne dédaigne pas de trinquer en douce avec vous au vin de messe une fois ôtée sa chasuble, bref, une vie tranquille comme le long Danube caca d'oie, qui peut sans doute induire au bout de quelques années une certaine forme de lassitude, pour ne pas dire un sentiment d'emmerdement profond, à force de s'écouler ainsi jour après jour sans surprise, mais qui a ça de bien, aussi, de s'écouler jour après jour sans surprise, en tout cas Chatzkel Namasivayam, Slobodan Vlasiković et Gilles Capodastre, eux, à qui les diverses péripéties ayant jusqu'ici ponctué leur existence turbulente ont quelque peu passé le goût des tribulations, ne s'en trouvent pas plus mal puisque fini de marcher, fini de courir et de tomber, fini les persécutions religieuses et les bourrages papier de la photocopieuse du troisième étage de la bibliothèque Frédérique-Hoschedé à Hébécrevon dans la Manche, fini la vie assiégée, bombardée, les épreuves de slalom tout schuss entre les entrailles de béton dégueulées par les bâtisses en ruine infestées de snipers, le rempotage de charnier pour unique passetemps horticultural et les énucléations à la gougette dans les caves pisseuses de Kragujevac pendant qu'à Bruxelles, Berlin, La Haye et Gif-sur-Yvette on dit oh la la et on reprend un petit four, ouf, fini tout ça, on souffle un peu, enfin comme on peut, dans douze mètres carrés et un chiotte pour trois sans lunette ni cloison, promiscuité à laquelle aucun de nos trois zozos ne trouve pourtant à redire, chacun en prenant bonhommement son parti, et tout particulièrement Chatzkel Namasivayam, qui semble avoir atteint à une forme de quiétude frisant l'extase mystique dans cette cellule à laquelle sa seule présence donnerait presque des allures monacales, voyez-le plutôt qui prie, qui étudie, qui à chacun sourit, sans piper mot, d'un sourire désarmant de bonté et de sapience levantine, qui passe le plus clair de ces sombres journées penché, marmottant et oscillant doucement d'avant en arrière tel un jeune pupille de la nation roumaine dans le dortoir d'un orphelinat surbooké de la grande banlieue de Timişoara par une nuit pluvieuse de novembre 1987, sur une épaisse liasse de feuilles de papier recyclé en quoi les gardiens l'approvisionnent régulièrement sans poser de questions et sur lesquelles il écrit, personne ne sait quoi et quiconque oserait interrompre le fiévreux commerce scriptural dans lequel il est manifestement engagé avec des puissances supérieures pour jeter un œil par-dessus son épaule histoire de voir ce qu'il trafique n'y comprendrait de toute façon goutte, les pattes de mouche qu'avec une extrême application il trace des heures durant de droite à gauche sur le papier beigeasse et raboteux (plus adapté sans doute au débarbouillage de la raie culière des détenus de droit commun qu'à la rédaction d'une étude sur le renouveau de la pensée talmudique dans la province de Sabaragamuwa à la fin du XIXe siècle mais bon, on fait avec ce qu'on a) ne formant qu'un impénétrable entrelacs de signes kabbalistiques aux contours géométriques inconnus de la plupart des hôtes de la prison de Forest-Berkendael, inconnus en tout cas de Slobodan Vlasiković qui un jour tout de même, vaincu par la curiosité, finit par s'enquérir de la nature exacte de l'énigmatique dessein qui semble si intensément accaparer l'âme de son pieux camarade, ce qui en slobodan se traduit par « mais qu'est-ce tu gribouilles tout le temps comme ça bordel à couille de pute croate », à quoi Chatzkel, sur qui la taquine brusquerie de son acolyte bourru à moins que bourré au vin de messe glisse comme sur le dos d'une pintade plumifère, répond, alors que je me serais plutôt attendu à ce qu'il ne réponde rien du tout, la voix empreinte d'une aménité à embuer les yeux d'un salafiste et en s'adressant à Capodastre comme si c'était lui qui avait posé la question, qu'il s'agit d'un humble quoique édifiant récit de sa propre vie, qu'il a provisoirement intitulé *Sri je t'oublie, Jérusalem* et par lequel il entend rendre grâces à Celui Dont Le Nom Ne Sera Pas Dit, assorti en annexe d'un dictionnaire yiddish-tamoul afin que Ce Dernier ne soit pas le seul à pouvoir le déchiffrer car il entend bien aussi en vendre une belle brouettée d'exemplaires au rayon bricolage et spiritualités du Furet du Nord une fois qu'on sera sorti de ce trou, à quoi « ah bon », se contente de répliquer Slobodan en se tournant à son tour vers Gilles Capodastre et en faisant le geste de se visser l'index sur la tempe, ce qui dans le langage codé des petits malfrats des quartiers nord de Belgrade signifie « ce type est complètement maboule », jugement qu'on pourra trouver un peu hâtif mais qu'on aurait tort d'interpréter en mauvaise part dans la bouche de notre ami des Balkans dont l'halitose et le tempérament peut-être un poil ombrageux dissimulaient assurément des trésors de pudique tendresse en vérité, Slobodan sur qui, quoi qu'il en soit – le sage Chatzkel étant comme on le voit assez occupé, cheminant sur une voie qui l'entraîne loin au-dessus des considérations terrestres qu'il s'agirait néanmoins de ne pas perdre de vue trop longtemps parce que c'est bien beau de dialoguer avec l'Unique mais il faut reconnaître que ça ne nourrit pas son homme, ni son lecteur –, on va enfin pouvoir resserrer un peu la focale pour s'intéresser au rôle on l'a dit crucial qu'il s'apprête à jouer dans la suite des mésaventures du futur détective privé Yvon Castropade, ou plutôt Gilles Capodastre ainsi qu'il s'appelait encore à l'époque, lequel en tout cas était bien content, en ce 25 décembre 2008, car non seulement c'était un jeudi et donc jour de frites mais également, cela n'aura échappé à personne, c'était Noël, et donc jour de moules aussi, or c'est précisément ce jour-là, le jeudi 25 décembre 2008, dans le réfectoire de la prison de Forest-Berkendael, que Slobodan décide de passer la seconde et de faire sa véritable entrée en scène, fracassante comme il se doit quand on dispose d'un tel gabarit, 1,97 mètre, 137 kilos, un poitrail de yack et velu à l'avenant, des cuisses de baobab, deux poutrelles de soutènement en guise d'épaules et, en lieu et place de bras, deux grues de chantier terminées par des pinces aptes chacune à broyer d'un coup le cou de trois haltérophiles kosovars, loisir auquel il devait d'ailleurs s'être plus souvent qu'à son tour adonné du temps du regretté Josip Broz Tito dont le portrait encadré avait trôné durant toute son adolescence au-dessus de son lit, alors que nous c'était plutôt Jimi Hendrix ou Ava Gardner, disons en somme et pour rester poli que Slobodan Vlasiković, sur la photo de classe, on ne risquait pas de passer à côté, pas plus qu'on ne pouvait manquer d'admirer, avec une horreur mêlée de fascination, une tête quant à elle aussi peu descriptible qu'une casquette de crétin des Carpates et dont on ne saurait se faire une idée même vaguement approchante qu'en convoquant les facultés d'un esprit malade ou chimiquement altéré capable de concevoir une sculpture d'inspiration post-dadaïste en terre glaise mi-cuite exécutée par un étudiant psychotique de l'école des Arts déco du Mesnil-lès-Hurlus ayant cherché à représenter l'hybridation d'une pomme de terre Agata et d'un testicule de gnou, sur quoi le cheveu poussait rare et ras, gazonnant au sommet d'un crâne en enclume alors que pas un poil en revanche n'agrémentait la nuque, les tempes ni le contour de minuscules oreilles tumescentes de pilier néo-zélandais chiffonnées dans les maxillaires tel un coupe-vent dans sa poche banane, tandis que des yeux, carrés eux aussi bien profond sous des arcades sourcilières néandertaliennes et piqués en leur centre d'une pupille méatique aussi noire et inexpressive qu'une peluche de nombril, sourdait une inquiétante ardeur laissant deviner, en même temps qu'une jovialité à la limite du débonnaire, une appétence certaine pour les supplices médiévaux et pour les aliments à forte teneur glucidique, en vertu de quoi on ne savait jamais trop sur quel pied danser en présence de Slobodan Vlasiković, et à propos de pieds ne parlons même pas des siens, des péniches, ni de son nez, tout aussi épatant, rencontre fortuite au milieu d'une face humaine d'une framboise géante et d'un mollusque solénogastre des grands fonds, sous lequel une bouche effilée comme un coup de machette rwandaise, tendue d'un perpétuel sourire mi-figue mi-requin, laissait entrapercevoir de méchantes dents courtaudes et gâtées, physique accort, donc, auquel il fallait ajouter une sensibilité à fleur de cuir, un petit côté chatouilleux qui le faisait démarrer au quart de tour et qui n'avait pas peu contribué à booster le chiffre d'affaires de la clinique de rééducation et de soins palliatifs de Zrenjanin où qu'il avait vu le jour et qu'il avait achalandée en sa jeunesse dissolue avec autant de générosité que de constance, car à Zrenjanin, pour le coup, on ne peut pas dire qu'on s'ennuie quand on a dix-sept ans, et là je suis sérieux, car on ne badine pas avec la guerre, n'est-ce pas, sauf quand on l'a faite, comme c'était le cas de Slobodan qui n'hésitait pas et se plaisait même à présent, en ce jeudi 25 décembre 2008, dans le réfectoire de la prison de Forest-Berkendael, à confier à ses voisins de table, tout en dévorant sa sixième assiette de moules, « ne le dites à personne mais qu'est-ce qu'on a pu se marrer à Srebrenica, ah ça c'était pas de la sauce marinière dans quoi on pataugeait à l'époque ! eh ben alors Marcel, qu'est-ce qu'y a, t'as plus faim ou quoi ? donne, je vais finir », et Slobodan d'achever les moules de Marcel en même temps que le récit de ses exactions ex-yougoslaves (que le lecteur français, dont on n'ignore pas la grande émotivité digestive et géopolitique, nous saura gré de lui épargner ici), jetant un certain froid parmi son auditoire (Jean-Philippe, le skinhead de Zuydcoote, dit Jean-Fiotte, est même à ça de tourner de l'œil), mais enfin c'est Noël, on a bien mangé, on a bien bu, on a la peau du ventre bien tendue et, souvenirs d'ancien combattant génocidaire mis à part, il règne sur cette cène carcérale un esprit bon enfant qui fait plaisir à voir et honneur au petit Jéjé dont n'oublions pas que c'est quand même l'anniversaire, et comme chaque année à cette occasion on va avoir droit, youpi, à une partie géante de *Monopoly* belge par équipes (à laquelle seuls ne se joindront pas Chatzkel Namasivayam, toujours occupé à communiquer avec l'Éternel, et Jean-Philippe de Zuydcoote, dit aussi Jean-Phi-la-Gerbe, qui consacrera pour sa part la fin de son réveillon à dégobiller un chapelet de guirlandes mytiliformes à l'infirmerie) avant que le traditionnel récital de cantiques noëliens entonnés par la chorale des détenus sous la baguette vacillante de l'aumônier blindé jusqu'à la quinzième capucine vienne tout à l'heure conclure les festivités, or c'est à ce moment-là, au milieu du grand tohu-bohu qui se met soudain en branle, chacun s'affairant à rapporter son assiette en cuisine où un Marcel un peu barbouillé passera le reste de la soirée à faire la plonge tandis que les matons préparent le plateau de jeu et les faux billets, que Slobodan Vlasiković prend discrètement à part Gilles Capodastre, lui glisse dans la poche de pantalon une grosse coquille de moule en même temps qu'à l'oreille quelques mots murmurés en confidence à l'insu des gardiens accourus au chevet du sapin synthétique pour le remettre d'aplomb après que Jean-Phil-des-Perles l'a renversé dans sa hâte émétique, coquille que Capodastre n'ouvrira cependant que quelques heures plus tard, une fois que tout le monde sera retourné en case cellule au terme de l'épique partie de *Monopoly* (remportée cette année par le bloc B grâce à une O.P.A. particulièrement audacieuse sur la ville d'Anvers, au grand dam de Slobodan qui n'aime pas perdre, ainsi que l'apprendra à ses dépens le lavabo des parties communes promptement défoncé à furieux coups de boule balkanique), et dans laquelle il découvrira alors – joyeux Noël ! – un bout de papier plié en huit, un peu humide, sur lequel dix chiffres sont écrits, groupés par paires, ce qui conduit le perspicace Capodastre, dont les talents de déduction n'ont pas été le moins du monde émoussés par l'incarcération, à soupçonner aussitôt qu'il s'agit d'un numéro de téléphone, mais comme on n'est pas médium non plus on ignore tout à fait en revanche à quel correspondant ce numéro correspond, mystère qui ne serait cela dit pas bien difficile à élucider, il suffirait par exemple de demander de plus amples explications à Slobodan, lequel, toujours un peu blessé dans son orgueil d'avoir dû hypothéquer Namur sans parvenir pour autant à sauver son équipe, est en train à présent de mouler violemment l'empreinte de ses phalanges dans les murs en béton de la cellule, mais le tact et l'instinct de survie recommandent de n'en rien faire, surtout après ce qu'on vient d'entendre à table, et de prendre le sage parti de rester coi, ce que fait Capodastre qui, se doutant que le colossal Serbe a une idée derrière l'enclume et qu'il la lui dévoilera en temps voulu, dissimule le bout de papier à l'intérieur du stylo Bic 4 Couleurs que lui a offert tout à l'heure Chatzkel – joyeux Noël ! – en l'enroulant soigneusement autour du petit tubule d'encre verte, on verra bien, se dit-il, et, en attendant de voir, pour l'heure on s'endort, bercé par l'écho étouffé du *Stille Nacht, heilige Nacht* que brame dans le réfectoire transformé en crèche une chorale des grands soirs dont l'interprétation tout en nuances n'est pas sans rappeler les délicatesses vocales des ânes et des bœufs du 4e régiment de formation de la Légion étrangère de Castelnaudary, et on a bien raison de se reposer, de reprendre des forces après un tel réveillon, car il va en falloir, des forces, puisqu'au final il faudra attendre cinq mois et treize jours pour voir, mais s'il est un art dans lequel on a eu amplement le temps de se perfectionner après pas loin de cinq ans derrière les barreaux, au moins autant que le polyglottisme ordurier et le relâchement musculaire, c'est bien la patience, mais pas d'inquiétude, Gilles Capodastre en a désormais à revendre, de la patience, même si ça ne rapporte pas grand-chose, et c'est ainsi qu'on le retrouve, cinq mois et treize jours plus tard, donc, le 7 juin 2009, récompensé de sa peine, qu'il a en effet fini de purger, et redevenu un homme libre, qui toujours chérira la mer mais aussi d'autres liquides, manifestement, à en croire l'ambiance du feu de Dieu dans laquelle se déroule son pot de départ, sur l'air d'il est des nôtres, il s'est acquitté de sa dette envers la société comme les autres et ah qu'est-ce qu'on est serrés au fond de cette boîte dans laquelle, au lieu de tourner en rond comme d'habitude, on fait tourner les serviettes, on danse le mia de Marseille, le kwasa kwasa congolais, la tarentelle calabraise, la csárdás magyare et le hopak ukrainien, on fait la chenille et on charrie à tout va ce bon vieux Gilles qui rit de bon cœur et à qui on m'aurait dit ça en arrivant j'y aurais pas cru mais vous allez sacrément manquer les gars, surtout on reste en contact, hein, après quoi, enfin, vient le moment d'affronter la liberté, qu'on avait bien un peu regrettée au moment de la perdre et puis, sous l'effet émollient de tout ce temps écoulé en cage, qu'après avoir perdue on avait fini par perdre de vue, au point même de l'oublier, tant et si bien que, maintenant qu'il faut la retrouver, maintenant qu'elle s'offre à nous de nouveau, pas rancunière ni bégueule, la liberté, on n'est plus trop sûr de vouloir d'elle, je dirais même plus qu'elle nous foutrait presque un peu la trouille, et pourtant, mon petit Gilles, se dit Gilles, pourtant il va falloir y aller, respirer un bon coup et sauter à pieds joints dans l'abîme vertigineux de cette liberté plus si chérie que ça, mais d'abord les adieux, alors on s'étreint, on se tape-m'en-cinq, on s'entrechoque le torse ou on s'entrefrotte le cuir chevelu, selon les coutumes locales de chacun dans cette boîte de Petri qu'aura été la prison de Forest-Berkendael où comme autant de bacilles barbotaient 695 échantillons représentatifs de l'humanité tout entière parqués les uns contre les autres dans un joyeux bordel, bref, on n'est pas des *pičkice* mais c'est peu de dire qu'on a des raisons de verser sa petite larmichette, et l'émotion atteint bien sûr son comble au moment de quitter nos partenaires de chambrée, ces deux énergumènes qui en d'autres circonstances nous auraient fait illico changer de trottoir si on les avait croisés à l'arrêt Gare d'Épinay-Villetaneuse du bus 37 un dimanche soir mais à qui là, avec le temps, les douze mètres carrés et un seul chiotte pour trois sans lunette ni cloison, forcément on a fini par s'attacher un peu, à commencer par un Chatzkel

Namasivayam dont le corps chétif est secoué de sanglots ravalés et qui, sans toutefois se départir de son rabbinique sourire, tend à Gilles un épais volume de son dictionnaire yiddish-tamoul qu'il a fait ronéotyper et relier à l'extérieur grâce à la complicité d'un gardien philosémite, lui enjoignant d'un ton prophétique (à Gilles, pas au gardien) de conserver précieusement ceci par-devers lui, « un jour tu en auras l'utilité, *gat zal eykh bentshn* », puis vient le tour de Slobodan, à qui on ne se sent pas trop le courage de serrer la main mais il sera dit que le calice sera bu jusqu'à la lie et ah la la, que c'est beau un titan qui pleure, à moins toutefois que ces larmes ne soient que de crocodile car voici, tandis que Gilles produit un effort surhumain afin de préserver l'intégrité de sa colonne vertébrale et de ses poumons comprimés par la prodigieuse embrassade serbe, que Slobodan profite de celle-ci pour coller discrètement ses babines de squale à l'oreille rougie par l'asphyxie de son futur ex-compagnon de cellule et, d'une voix où ne perce cette fois pas le moindre chagrin, fût-il de saurien, mais plutôt une espèce de malice menaçante, lui souffler d'une haleine qui fleure bon les Chipster et le Tropico amélioré, « le papier, le numéro, tu l'as bien gardé comme je t'avais dit, le numéro ? bon, alors ce numéro, quand tu es dehors, tu appelles, tu verras, c'est un ami, je lui ai parlé de toi, tout va bien se passer, *razumeš ? dobro je dečko* », or Slobodan a une manière de dire « *razumeš* » qui fait aussitôt subodorer que tout va au contraire se passer très mal, mais qui laisse aussi entendre qu'on n'a pas vraiment le choix, à moins peut-être qu'on préfère, à peine franchi tout à l'heure le seuil de la prison de Forest-Berkendael, se retrouver embarqué dans le coffre d'une Zastava Z101 Yugo Florida en partance pour une petite échappée du côté des faubourgs de Zrenjanin, ses ruines, ses paysages bucoliques, ses autochtones alcooliques, ses spécialités charcutières et la joyeuse troupe des cousins Vlasiković réunis au grand complet, ce que non merci, sans façons, et ainsi Gilles Capodastre, à peine ses poumons ont-ils eu le temps de retrouver un peu de volume et les portes du pénitencier derrière lui de se refermer, se précipite-t-il vers la première cabine téléphonique venue, sort de sa poche le Bic 4 Couleurs offert par Chatzkel, en dévisse le capuchon, déroule le bout de papier caché à l'intérieur, les doigts tremblants, compose le numéro, puis attend, s'attendant à attendre très longtemps mais pour une fois non, tiens, entre la première et la deuxième sonnerie en effet, comme si à l'autre bout du fil on guettait son appel, et la sourde appréhension de Capodastre à cette seule idée croît encore d'un cran, ça décroche et on n'a même pas dit allô que ça enchaîne aussi sec, « allô, c'est vous, mon petit Gilles ? ah, c'est gentil d'appeler, Slobo m'a beaucoup parlé de vous, beaucoup, en bien, je vous rassure, en bien, il paraît que vous êtes quelqu'un de confiance, vous êtes quelqu'un de confiance, mon petit Gilles ? bon, tant mieux, et si vous passiez me voir, hmm ? qu'en dites-vous ? c'est qu'on a des choses à se raconter, vous et moi, figurez-vous, or j'imagine que vous n'avez pas d'autre projet en particulier dans l'immédiat, n'est-ce pas ? et puis de toute façon, comment dire, c'est que vous n'avez pas vraiment le choix, voyez-vous, mon petit Gilles ? vous comprenez ce que je vous dis, mon petit Gilles ? tant mieux, très bien, c'est entendu alors, je vous donne l'adresse, vous avez de quoi noter ? un stylo Bic 4 Couleurs qui traînerait quelque part ? d'ailleurs, à propos de traîner, ne lambinez pas trop en route, n'est-ce pas ? et puis ne vous inquiétez pas, mon petit Gilles, ne vous inquiétez pas, je sens à votre silence que vous vous inquiétez mais Slobo a dû vous le dire, tout va bien se passer, tout va très bien se passer », et c'est comme ça qu'on l'a enfin rencontré, cette enflure de Paul-Albrecht Flamurd, après quoi la suite des événements s'est déroulée comme on sait, les feuilles de chou de Bruxelles et d'un peu partout ailleurs s'en étant largement fait l'écho au moment où le scandale Flamurd a éclaté, et non, pendant un moment on y a cru mais force est d'admettre qu'en fin de compte, comme on pouvait raisonnablement le craindre, ça ne s'est pas très bien passé, et cette suite des événements, qui devait bouleverser à jamais l'existence de Gilles Capodastre, faisant de lui un homme traqué, un fugitif, une cible mouvante, condamné à vivre pour le restant de ses jours avec la peur au ventre, un œil dans le dos et, planant en permanence au-dessus d'un crâne se dégarnissant du coup rapidement, l'ombre d'un danger qui ne cessait de gagner en envergure à mesure qu'il tardait à révéler son visage, cette suite, il devait du reste l'occulter pendant longtemps de sa mémoire, bien trop encombrée déjà de désastres, de rancœurs et de tristesses en tout genre pour ménager la moindre place à de nouvelles désillusions, occulté ainsi, par exemple, le manoir de La Hulpe, cette espèce de Moulinsart du pauvre dans la cour gravillonnée duquel on a pénétré, suivant scrupuleusement les instructions dictées au téléphone, un peu moins d'une demi-heure plus tard à bord d'un taxi hélé devant les grilles de la prison de Forest-Berkendael, et par lequel on est au regret de dire qu'on n'a pas été impressionné plus que ça, avec à sa gauche un étang du Gris Moulin qui ne ressemblait qu'à une grosse flaque de boue, plus verte que grise et sans la plus petite pale de moulin à l'horizon, et, à droite, la lisière du malingre bois domanial de Solnay où c'est en vain que le promeneur sportif aurait cherché un parcours santé et les amoureux un coin joli et paisible où se bécoter sur un banc public, banc public, tandis que la façade elle-même faisait peine à voir, avec ses briques d'un jaune hépatique, son architecture désespérément dénuée de tout relief comme de toute inspiration, ses hautes fenêtres aux carreaux sales et aux châssis branlants dont la peinture n'en finissait pas de s'exfolier sous l'effet d'une incurable poussée eczémateuse, son mol escalier de pierre elle aussi effritée qui ne daignait pas monter plus haut que trois marches et de part et d'autre duquel agonisaient deux statues faméliques dont avec beaucoup d'indulgence on pouvait supposer qu'elles avaient naguère figuré des lions mais qui aujourd'hui, à demi décapitées depuis au moins le premier septennat socialiste, n'évoquaient plus guère que les dépouilles pétrifiées de deux gros chats de gouttière allègrement conchiées du matin au soir par les pigeons belges, et occulté de même le grand type blond, un peu voûté, pas souriant, qui alors qu'on s'extrayait du taxi est venu à notre rencontre, sortant du manoir par une porte qu'on n'a pas vue s'ouvrir, descendant les trois misérables marches d'un pas aussi raide que son anachronique livrée de majordome, se dirigeant droit vers le chauffeur et lui tendant sans rien dire une liasse de billets par la vitre entrouverte pour payer la course et le faire déguerpir, puis, après à peine un coup d'œil à Capodastre, tournant les talons pour intimer à celui-ci de le suivre et vous êtes marrants, vous, qu'auriez-vous fait à ma place, on l'a suivi, et occulté aussi le long corridor qu'on a traversé une fois à l'intérieur, la poussière et la pénombre, la moquette miteuse, les lustres estropiés d'où dégoulinait un filet de lumière cadavérique et que seul semblait retenir au plafond craquelé un complexe écheveau de toiles d'araignée, le papier peint hideux aux murs, sur la paroi moisie de crasse desquels s'alignaient tous les deux ou trois mètres des rectangles de clarté nicotineuse laissant deviner la présence autrefois d'une galerie de portraits d'ancêtres encadrés, les grincements du parquet voilé, l'odeur de vieille serviette humide, le silence de notre guide qui pas une fois ne se sera retourné pour voir si on suivait bien mais c'est bon, jusque-là ça allait encore, on suivait, et occultée pareillement la porte à laquelle, au bout de cet interminable couloir, le grand type blond et voûté, pas souriant ni causant, a frappé, et occultées itou les secondes qui ont paru des heures avant que, derrière cette porte, résonne sèchement une invitation à entrer, prononcée par une voix grêle dont il nous a bien semblé qu'elle appartenait au même individu avec qui une demi-heure plus tôt on s'était entretenu au téléphone et en effet c'était lui, enfoncé en personne dans un gros canapé marronnasse et britannique, extraordinairement ratatiné (l'individu, pas le Chesterfield, même si ce dernier n'était pas de toute première fraîcheur non plus) mais dégageant une sorte d'autorité naturelle que n'amoindrissaient nullement son allure souffreteuse, l'affolante pâleur d'un visage raviné comme un noyau de jujube ni les quintes de toux graillonnantes qui venaient régulièrement secouer comme un prunier planté sur une zone sismique un corps cachectique exsudant une forte odeur de camphre, de vaseline, de roquefort et de poire à lavement, l'ensemble offrant un tableau merveilleusement prometteur de la décrépitude qui attend chacun d'entre nous au bout du chemin pour peu qu'on se donne la peine d'aller jusque-là, réjouissant spectacle qui en l'occurrence, loin de susciter la compassion ou de détendre l'atmosphère, d'autoriser à conjecturer que si jamais les choses tournaient au vinaigre on aurait le dessus sans trop de difficultés face à un si croulant adversaire, ajoutait encore à la nervosité en proie à laquelle se trouvait depuis son arrivée au manoir de La Hulpe un Capodastre à présent frappé de nauséeuse et muette sidération devant le vétuste Paul-Albrecht Flamurd, puisque c'était donc lui et « ah ! c'est vous, mon petit

Gilles, s'exclama gaiement la ganache d'une voix rayée de gramophone tabagique, comme c'est gentil à vous d'être venu, mais entrez donc, je vous en prie, entrez, installez-vous, mettez-vous à votre aise, je ne vous sens pas très à l'aise, mon petit Gilles, mais tout va très bien se passer, vous allez voir, asseyez-vous, faites comme chez vous, qu'est-ce qu'on vous sert, de l'eau, un jus de quelque chose, thé ou café, ou de la bière si vous préférez, vous préférez une bière ? non ? vraiment ? bon, dans ce cas merci, Geert, ce sera tout, vous pouvez nous laisser, ah ! mon petit Gilles, je suis bien content de vous voir, Slobo m'a beaucoup parlé de vous, vous savez, en bien, je vous rassure, en bien », et occultée encore la conversation aussi longuette que désagréable qui s'est ensuivie, interrompue par moult expectorations et engluée comme au fond d'un vieux pot de miel dans une cordialité de façade, une conversation à sens du reste largement unique, dont il vaut mieux pour votre sécurité et celle de vos proches que vous ne sachiez rien et qui s'est conclue par le retour du grand blond voûté, toujours aussi peu affable et volubile, portant sur un plateau ni eau, ni jus, ni bière ni rien de potable mais une enveloppe en revanche à fermeture japonaise, à soufflet et rabat double pli, de couleur mauve, format 229 × 324 × 25 mm, ne présentant aucune inscription hormis une discrète estampille à l'encre noire, dans le coin en haut à gauche, composée d'un monogramme – PAF – à l'intérieur d'un cercle, enveloppe qu'on a été encouragé à ouvrir et décidément vous me faites rire, qu'auriez-vous fait à ma place, on l'a donc ouverte, cette enveloppe mauve, et occultée tout autant la tête qu'on a faite alors, en découvrant ce qu'elle contenait, vous n'imaginez pas, et le gramophone de repartir aussitôt pour un tour, creusant le sillon et remuant le saphir dans la plaie sans nous laisser le temps d'encaisser le choc, « ça va mon petit Gilles ? vous n'avez pas l'air dans votre assiette tout à coup, oui, bien sûr, je comprends, vous ne vous attendiez pas à ça, évidemment, je suis navré, d'ailleurs croyez bien que ça ne m'amuse pas plus que vous, enfin si, quand même un peu, je l'avoue, mais que voulez-vous, un jour ou l'autre tout se paye, *c'est la vie*, comme disent nos amis anglais, *isn't it* ? cela dit ne vous en faites pas, mon petit Gilles, tout va très bien se passer, vous comprenez ce que je vous dis, mon petit Gilles ? vous êtes certain que vous ne voulez rien boire ? un whisky peut-être ? à la bonne heure ! Geert, soyez gentil, apportez ce vieux whisky au juge blond qui fume, voulez-vous ? merci Geert, bien, et maintenant, mon petit Gilles, je voudrais que vous m'écoutiez très attentivement, vous pouvez faire ça, mon petit Gilles ? m'écouter très attentivement ? *good*, alors voilà, j'aurais besoin que vous me rendiez un petit service, et, comme vous l'aurez compris, je crains que vous ne soyez pas vraiment en position de refuser», et occultées les explications quelque peu alambiquées qu'on a dû se fader ensuite, sans vraiment y prêter attention parce qu'on était quand même encore un peu sonné, après avoir vu ce qu'on venait de voir, dans l'enveloppe, des explications faisant état, a-t-on cru comprendre, de l'existence d'une *autre* enveloppe, parfaitement identique à celle qu'on tenait encore dans ses mains anxieuses, une autre enveloppe à laquelle cette vieille momie floconneuse de Paul-Albrecht Flamurd paraissait tenir énormément, quoiqu'il ne semblât pas disposé à nous en révéler le contenu, et qui lui avait été dérobée, présumait-il, par un certain Frédéric je ne sais plus quoi, Bertholet, ou Bartoldi, ou Dutilleux, enfin un nom comme ça, on n'écoutait plus trop à vrai dire, en tout cas un ancien collaborateur avec qui il avait eu apparemment des différends, ou des démêlés, ou maille à partir, on ne se rappelait plus bien la terminologie exacte employée «mais laissez tomber, mon petit Gilles, ne vous souciez pas de ça, vous n'y gagneriez qu'en confusion, croyez-moi, moins vous en saurez, mieux vous vous porterez», bref, toujours est-il que ce dénommé Frédéric flûte, comment déjà, Breton ? Béret ? Chopin ? ah non,

Berthet ! voilà, Berthet, c'était ça son nom, on s'en souvenait maintenant, comme l'écrivain, tiens, c'était amusant, ainsi que l'autre enveloppe mauve parfaitement identique à celle qu'on tenait toujours entre ses mains à présent moites et tremblantes s'étaient volatilisés, et qu'il aurait été souhaitable, poursuivit le flaccide Flamurd, qu'ils fussent l'un et l'autre, Berthet et l'enveloppe, retrouvés dans les meilleurs délais, « ce pour quoi, mon petit Gilles, nous avons pensé à vous, pour des raisons qui au vu des documents contenus dans l'enveloppe que vous tenez en ce moment entre vos mains moites et tremblantes doivent vous apparaître avec une évidente clarté, n'est-ce pas ? » et occultée enfin la façon piteuse dont on a quitté sans rien dire le sinistre manoir de La Hulpe, accablé, remonté contre cette purulente demi-molle de Flamurd dans les filets duquel on se retrouvait maintenant piégé comme une tanche et remonté contre soi-même d'avoir battu en retraite comme le dernier des pleutres, avec une obséquieuse soumission, sans oser lever le petit doigt ni lui péter son dentier à cette pourriture cacochyme, et furax enfin contre ce foutu taxi que Geert avait appelé et qui mettait un temps fou à arriver, mais qui est arrivé finalement et c'était moins une, parce qu'on ne vous cache pas qu'on commençait sérieusement à envisager la possibilité de se sortir de ce traquenard en plongeant dans l'eau verdâtre et lentilleuse de l'étang du Gris Moulin au fond de laquelle on se serait sans regret laissé couler comme une bielle et il va où le petit monsieur ? il va à Paris le petit monsieur et non, ducon, il n'a pas d'itinéraire préféré, en revanche, même s'il ne l'a pas volé, il en a un peu marre qu'on lui donne du *petit* Gilles par-ci et du *petit* monsieur par-là, alors tu la fermes, tu démarres ta Skoda Scala Ambition 1.0 TSI 116CV BVM et tu roules ma poule, parce qu'on a une trotte à faire, La Hulpe-Paris, environ 300 bornes en effet, soit pas loin de quatre heures de route en tenant compte des bouchons sur l'A1 et des pauses sans-plomb-pipi-café-clope, ce qui laisse le temps de faire connaissance, or il s'avère qu'Amédée, notre chauffeur, quoique aussi bavard qu'un coiffeur, n'est pas si mauvais bougre au fond, et puis ça laisse aussi tout le temps de gamberger, si bien qu'au bout de cinq heures de gamberge (ça a bouchonné encore plus que prévu à l'approche de la porte de la Chapelle) Gilles Capodastre est arrivé à Paris et à la conclusion que y a pas à dire, on aura beau prendre le problème par tous les bouts et le retourner dans tous les sens, on est dans la panade, et que le « petit service » qu'on lui a demandé de rendre, eh bien on y a mûrement réfléchi, on a pesé le pour, on a pesé le contre et on est bien embêté mais ça ne va tout simplement pas être possible — seulement oui mais attends un peu, minute papillon, il y a l'enveloppe mauve, pas celle qu'on t'a demandé de retrouver mais l'autre, restée en otage au manoir de La Hulpe, et il y a ce qu'il y a dedans, t'as besoin que je te le rappelle, ce qu'il y a à l'intérieur de l'enveloppe mauve ? t'as vraiment envie que je te rafraîchisse les synapses à ce sujet ? non ? bon, je me disais aussi, et t'en fais quoi alors, de l'enveloppe, hein, gros malin ? — ah ben ça j'en sais rien mais je m'excuse, ça va pas être possible, c'est tout — d'accord, t'énerve pas, bon alors quoi ? — alors il va falloir trouver une solution, voilà, mais du calme, ça va aller, on respire par le nez, on arrête de parler tout seul et on se détend, tout va s'arranger parce que tout s'arrange toujours et parce que tiens, la solution, justement, tandis qu'on se restaurait avec Amédée d'une andouillette-purée d'ailleurs pas mal à l'Autogrill de l'aire de Ressons-Est, aux abords de Compiègne, et qu'on ne l'avait pas vue venir (la solution, pas l'andouillette), a soudain germé comme par miracle dans l'esprit agité de Gilles Capodastre qui, du coup, a repris un peu du poil de la bête ainsi qu'une part de clafoutis et oui, d'accord, peut-être qu'on avait entendu cette raclure de smegma caillé de Flamurd prévenir en ricanant sous cape, « on vous contactera, mon petit Gilles, on vous contactera, surtout restez joignable, n'est-ce pas», et oui, d'accord, peut-être que sur le moment on s'était senti légèrement flageoler du biceps fémoral, mais on repensait maintenant à cette menace à peine voilée avec un certain regain d'intrépidité et même d'optimisme, sinon de triomphe anticipé, car figure-toi que ça y est, mon petit Amédée, je l'ai, la solution, et même mieux que ça, j'ai un plan, un plan génial, un plan infaillible, en béton armé, à l'épreuve de toutes les menaces et de tous les sous-entendus, le vieux s'y cassera les gencives, t'es prêt mon ami ? alors accroche-toi à ton volant, garde tes mirettes braquées sur l'asphalte, ouvre grand tes esgourdes et écoute voir un peu ça, et Capodastre, tout frétillant sur la banquette arrière de la Skoda Scala Ambition 1.0 TSI 116CV BVM repartie à l'assaut de l'autoroute, d'exposer son plan dans les grandes lignes à l'ami Amédée qui en avait vu, en vingt-cinq ans de carrière, des crétins frétillants sur sa banquette arrière, mais des comme ça, honnêtement, pas beaucoup, un vrai champion celui-là, qui s'était mis à jacter sans reprendre une seule fois son souffle depuis Ressons-sur-Matz jusqu'à Paris XVIIIe, soit pendant près de quatre-vingt-dix bornes, c'est-à-dire pas loin de deux heures d'affilée avec ces foutus bouchons et ces foutus trente-deux-tonnes bridés à quatre-vingts qui squattaient deux voies sur quatre, une véritable bouillie de mots, un torrent ininterrompu auquel on n'avait à peu près rien compris et auquel on n'avait d'ailleurs prêté qu'une oreille distraite parce qu'on essayait de se concentrer sur Rire & Chansons mais c'était peine perdue, le zigue n'en finissait pas de déblatérer, ça débordait de partout, à toute vitesse et sans queue ni tête, un innommable salmigondis d'où surnageaient çà et là quelques bouts de phrase qu'on avait malgré soi attrapés au vol sans pouvoir les relier les uns aux autres («tu vas voir ce que tu vas voir», «disparaître de la circulation», «détective», «Steve McQueen», «papiers d'identité», «crevure de vieillard», «carte de visite», «Houdini», «imperméable et chapeau mou»), et on n'avait eu qu'à opiner du chef de temps en temps pour donner le change, le zigue avait de toute façon l'air de se fiche pas mal qu'on l'écoute ou qu'on l'écoute pas, ça turbinait tout seul, en circuit fermé («saloperie d'enveloppe», «Sylviane», «planque», «appeler cette saloperie de Sylviane pour récupérer les clés de la rue Goublier»), et c'est ainsi, sur le vif, que le plan génial et infaillible de Gilles Capodastre s'était peu à peu précisé dans l'esprit effervescent de son propre concepteur à mesure qu'il en dévoilait toutes les subtilités à l'ami Amédée, lequel semblait d'ailleurs rudement impressionné, dis donc, même que ça lui avait coupé la chique, au merlan, soudain il n'en plaçait plus une, réduit à hocher du bonnet, tout ébaubi devant la brillance du stratagème, et soi-même, avouons-le sans vergogne, on n'était pas peu fier, on était même très content de soi et on avait hâte d'arriver à Paris pour se mettre à l'ouvrage et déclencher la première phase du plan en béton armé qui allait nous permettre d'échapper à l'infâme Flamurd – primo, la planque, appeler Sylviane, récupérer les clés – deuzio, le costume, trouver une boutique, imperméable mastic et chapeau mou – troizio, réviser ses classiques, aller chez Gibert se dégoter deux ou trois Dashiell Hammett d'occasion, une poignée de Simenon et un bon vieux Françoise Bourdin des familles parce que ce n'était pas tout ça mais on avait quand même bien le droit de s'octroyer une petite pause détente et culture après cinq ans derrière les barreaux et avant de se lancer dans une entreprise qui, on le pressentait, ne relèverait sans doute pas de la promenade de santé mais vaudrait toujours mieux que de passer les vingt prochaines années à se morfondre entre les sections développement personnel et poésie contemporaine de la bibliothèque Yvette-Horner de Pouyastruc – quatrio, réfléchir à un alias qui tabasse – après quoi, cinquio, il n'y aurait plus qu'à laisser aller, ce serait une valse, et c'est donc le moral regonflé à bloc et la confiance au beau fixe qu'on avait pris congé d'Amédée après que ce dernier nous eut enfin déposé devant le Hipotel Paris Gare du Nord Merryl, 7-9 rue Pajol, Paris XVIIIe, où on allait s'installer provisoirement, en attendant de pouvoir récupérer les clés de l'appartement de la rue Goublier qui allait nous servir de planque, fignoler au calme les derniers détails de l'opération puis donner enfin le coup d'envoi des hostilités et on ne s'était pas trompé, si on veut bien me repasser une nouvelle fois l'ellipse, tout s'était déroulé comme prévu, au poil et à merveille, comme sur des roulettes et hop, voilà le travail, quinze mois plus tard –

YVON CASTROPADE
Déctetive Privé

37, rue Gustave-Goublier – Paris 10^e^

01.[redacted]

– et alors bon, oui, d'accord, le papier n'était pas de très bonne qualité, et d'un grammage nettement insuffisant pour insuffler à un si crucial document, de manière subliminale, toute la rigueur et la crédibilité dont l'impétrant inspecteur Castropade, dyxlesie ou pas, allait devoir maintenant se prévaloir pour espérer non seulement accomplir sa mission avec succès et faire pièce sans se faire pincer aux pernicieux agissements de l'abominable Paul-Albrecht Flamurd mais aussi appâter, séduire et fidéliser une clientèle, parce que toutes intrigues policières mises à part il faut bien gagner de quoi s'acheter sa baguette tradigraine sans gluten quotidienne, mais bon, faisons contre mauvaise impression bon cœur, c'était semblait-il le mieux qu'on pût obtenir du Cartomatic judicieusement placé à côté du Photomaton de la station de métro Strasbourg-Saint-Denis en bas de l'escalator de la sortie numéro 3 débouchant sur le coin du boulevard de Strasbourg, tout de suite sur votre droite après la terrasse chauffée du Plomb du Cantal où l'on sert une truffade dont vous me direz des nouvelles, et c'est ainsi que, quelques jours plus tard, les boîtes aux lettres d'une bonne partie du Xe arrondissement de la capitale, dans un périmètre compris en gros entre les rues Beaurepaire à l'est, Chabrol au nord, Hauteville à l'ouest et Château-d'Eau au sud, s'alourdirent de plusieurs centaines sinon de milliers de cartes de visite annonçant l'arrivée d'Yvon Castropade sur le marché de l'investigation, car notre homme, désormais incognito et convaincu qu'un avenir radieux l'attendait dans ce secteur d'activité, avait voulu voir grand, même s'il y avait fort à parier que l'immense majorité de ces pauvres petits rectangles de papier cartonné se perdraient aussitôt entre prospectus immobiliers, menus de restaurants japonais et autres offres exclusives d'abonnement à *Winner*, le magazine des gagneurs, qui peinait ces temps-ci à toucher un lectorat de l'Est parisien plutôt acquis à la cause bobo-environnementalo-primo-accédante, pour finir vertement au fond d'une poubelle, dans le caniveau ou encore glissés sans même avoir été lus dans la boîte aux lettres de l'autre vieille salope du troisième droite tant il est vrai que ce genre de pratiques, quoique contrevenant aux règles élémentaires du bon voisinage, est malheureusement monnaie assez courante et pourtant, voire néanmoins, pour ne pas dire nonobstant, se contorsionnait Castropade dans le but pathétique et illusoire de se convaincre lui-même, pourtant il ne semblait pas extravagant, d'un point de vue statistique, d'imaginer qu'une fraction au moins de ces cartes, disons une quinzaine en y mettant un peu de bonne volonté, car tout en raison gardant on n'allait pas non plus céder au défaitisme, échapperaient à ce sort peu enviable et moins encore écologique pour atterrir entre des mains potentiellement intéressées, et là, mon vieux, attention les yeux, quoique pas tout de suite apparemment, puisque, depuis la fin de cette vaste opération postale, il faut bien avouer qu'il ne se passait plus grand-chose, Yvon Castropade se contentant de rester assis dans son fauteuil, derrière son bureau, au milieu du petit appartement encombré de la rue Gustave-Goublier, à songer à ces milliers de cartes de visite tapies dans l'obscurité des boîtes comme autant d'hameçons, prêtes à ferrer le quidam, sauf qu'aucun quidam n'avait encore mordu, mais pas d'inquiétude, pas de quoi semer le doute ni la panique dans l'esprit parfaitement affûté du détective Yvon Castropade dont l'attitude à cet instant – immobilité totale, calage précis du postérieur dans l'assise du fauteuil, écartement des jambes, rétroversion du bassin, positionnement étudié des coudes en vue d'impulser aux avant-bras la détente nécessaire à la preste saisie du combiné téléphonique le moment venu et aux poignets le sec petit mouvement de vrille propre à cadenasser la prise – n'était de fait pas sans évoquer celle d'un vieux briscard de la pêche au huchon sur les rives de la Große Mühl vers la mi-mai quand les flots impétueux de l'Oberösterreich déploient toute leur splendeur halieutique, face à laquelle ledit briscard, une fois plantée sa ligne, sait que rien ne sert de s'emballer et qu'il n'y a plus qu'une chose à faire, attendre, attendre longtemps, le jour et la nuit, attendre toujours, et c'est ce que fit vaillamment Castropade, il attendit, il patienta, il poireauta, il fit le pied de grue, les cent pas, la vigie, il resta sur le qui-vive, tourna en rond et alla même jusqu'à se turlupiner la toquante sans jamais se démonter, passant avec un flegme impavide par toutes les déclinaisons de l'expectative, sûr et certain que ça allait venir, et n'importe quel homme d'une moindre trempe se fût certainement découragé à sa place, au bout de ces trois mois et demi d'attente, mais enfin on en a vu d'autres, et des pas mûres encore, alors on s'accroche, on y croit, on ne lâche rien, on est un *winner*, toujours le poing levé, viser la lune ça ne nous fait pas peur, et puis on ne s'est pas tapé tout ce chemin pour renoncer si près du but, or Yvon le sait, il le sent, ça ne fait plus aucun doute à présent, le but est proche, quelque chose vibre dans l'air, un frémissement, un pressentiment, quelque chose lui dit que ça y est, les affaires ne vont pas tarder à reprendre, que, par exemple, le téléphone ne va pas tarder à sonner, or *c'est alors que le téléphone sonne !* comme quoi tiens tiens, triomphe alors Castropade, qu'est-ce que je disais, et, attrapant d'une main un torchon qui n'avait jusque-là rien à faire ici (sur l'accoudoir de son fauteuil) pour éponger le café refroidi que surpris par la stridulation de la sonnerie il vient de renverser (sur une lettre de mise en demeure de la direction générale des Finances publiques, car je vous prie de croire qu'ici non plus on ne plaisante pas avec les impôts sur le revenu, même quand des revenus on n'en a pas), de l'autre il décroche et, en effet, les affaires ne vont pas tarder à reprendre mais cela dit pas tout de suite, parce que là tout de suite, à l'autre bout du fil, ce ne sont pas encore les affaires qui reprennent mais madame Tabard, qui cherche à joindre le salon de coiffure Jacques Dessange de l'impasse Léon-Schwartzenberg, Paris X^e^, afin de prendre rendez-vous pour tout à l'heure 16 heures 30 si vous avez un créneau avec Franck qui me fait toujours un brushing impeccable, on s'est donc trompée de numéro et on est vraiment désolée mais y a pas de mal, chère madame, y a pas de mal, ça peut arriver à tout le monde, cependant ne baissons pas encore tout à fait les bras car *c'est alors qu'on frappe à la porte !* derrière laquelle apparaissent, sitôt qu'on l'a ouverte, non pas les pompiers auxquels on aurait pu légitimement s'attendre, venus nous refourguer leur calendrier réalisé cette année en partenariat avec la Société d'édition des artistes peignant de la bouche et du pied, mais deux individus qui, eux, ne sont pas vraiment du genre à donner dans le rond de jambe ni dans le cul-de-poule, deux individus qu'on connaît bien, avec lesquels on croyait d'ailleurs en avoir fini et qu'on se serait bien passé de revoir, sauf que plus moyen à présent de la refermer, cette porte, de la leur claquer au nez, car Slobodan, avec l'habileté d'un avant-centre du onze de Leverkusen, a subrepticement avancé sa jambe droite dans l'embrasure, ouvrant la voie à Chatzkel qui, d'un pas tranquille et majestueux rappelant celui de Charlton Heston sur le fond sableux de la mer Rouge à marée basse, entre dans la pièce et se dirige vers le bureau, derrière lequel il s'assied et, du même air de patriarche à la coule dans ses babouches, sort de sa poche un livre de poche, qu'il se met à lire, et tandis que sans mot dire ni sans quelque ironie il entame le vingt-neuvième et dernier chapitre de *L'Arrangement* d'Elia Kazan, traduit de l'anglais par France-Marie Watkins en 1969 pour le compte des éditions Stock (alors que d'arrangement il ne sera vraisemblablement pas question dans l'immédiat, nos deux anciens colocs étant à l'évidence venus nous rendre visite ce matin animés d'un tout autre dessein), Slobodan, avec l'agilité d'un demi d'ouverture du quinze de la Rose, se glisse à son tour dans la pièce et, muet lui aussi, se contente de tendre à Yvon un appareil de communication portatif que ce dernier, comprenant que c'est ça ou l'énucléation en un clin d'œil, colle alors à son oreille sifflante en fermant les yeux et « allô, mon petit Gilles ? ah ! je suis bien content de vous parler, vous m'avez manqué, vous savez, ce n'est pas très gentil d'avoir voulu nous fausser compagnie comme ça, j'en ai été très attristé, enfin, heureusement qu'on peut compter sur Slobo, n'est-ce pas, il m'a dit que vous aviez renoué le contact, que tout allait bien se passer, que vous ne feriez pas de difficultés et je m'en réjouis, mon petit Gilles, je m'en réjouis, bon, parfait, à la bonne heure, et cette histoire alors, ça avance ? Frédéric Berthet ? ne me dites pas que vous avez oublié, je ne vous croirais pas, alors où ça en est de votre côté, des progrès, des pistes ? il est très important que vous me le retrouviez, vous vous souvenez, mon petit Gilles ? Slobo a été bien clair sur ce point ? je lui avais demandé d'être d'une clarté totale, de ne laisser planer aucune zone d'ombre, d'aller même jusqu'à vous rafraîchir la mémoire au besoin, des fois qu'elle aurait un peu tiédi, depuis le temps, et de bien vous rappeler qu'il en allait de pas mal de choses, à commencer par votre santé dentaire et rénale, le message est bien passé ? *good*, bon alors, reprenons, Frédéric Berthet, ce cher Fred, ça y est, vous y êtes ? parfait, bonne réponse, mais encore ? une ? une enveloppe ! absolument, bravo mon petit Gilles, je vois que vous êtes toujours au taquet et je m'en réjouis, sincèrement, une enveloppe, donc, rappelez-moi, comment déjà ? tout à fait, à fermeture japonaise, à soufflet et rabat double pli, de couleur mauve, format 229 × 324 × 25 mm, ne présentant aucune inscription hormis une discrète estampille à l'encre noire, dans le coin en haut à gauche, composée d'un monogramme – PAF – à l'intérieur d'un cercle, eh bien vous voyez quand vous voulez ! *wunderschön*, donc je réitère ma question, Frédéric Berthet, l'enveloppe, des pistes ? vous dites ? ah mais c'est embêtant, ça, c'est très embêtant, je suis déçu, vous me décevez, mon petit Gilles, vous me décevez terriblement, moi qui avais placé en vous de si grands espoirs, moi qui en étais même venu, je vous le dis comme je le pense, à éprouver à votre endroit un certain attachement, tout comme vous-même, j'imagine, devez être assez attaché à votre bien-être orthodontique et pulmonaire, vous comprenez ce que je vous dis, mon petit Gilles ? *dobrze*, bon alors maintenant écoutez-moi bien, car pendant que vous faisiez le mariole, figurez-vous que je n'ai pas chômé, moi, attendu que tant va la cruche à l'eau qu'à la fin on n'est jamais mieux servi que par soi-même, n'est-ce pas, et qu'en plus ça coûte moins cher, même si vous n'avez pas à vous en faire pour ça, mon petit Gilles, pour l'argent et ce genre de vulgarités, non, vous, souciez-vous seulement de vos molaires et de votre plèvre pariétale, ça devrait déjà vous occuper bien assez, et donc, comme je sens qu'on ne va pas y arriver comme ça, que j'ai peut-être commis une erreur en pensant que vous alliez vous débrouiller tout seul comme un grand garçon mais apparemment non et que vous auriez bien besoin d'un petit coup de pouce, histoire de vous remettre en selle, eh bien on va vous le donner, ce petit coup de pouce, comme quoi vous voyez que je ne suis pas si méchant homme, et donc dites-moi un peu, mon petit Gilles, connaissez-vous la Meuse ? chef-lieu Bar-le-Duc ? non ? eh bien voilà ! c'est l'occasion rêvée ! bon, et dites-moi encore, une dernière chose, puisqu'il est désormais convenu que vous allez très vite vous rendre là-bas, dans le département de la Meuse, pour le bien de vos rotules et de votre cloison nasale dont il serait regrettable que la droiture fût remise en question, n'est-ce pas, soyez gentil, rapportez-moi donc deux ou trois bocaux de confiture de groseilles pendant que vous y êtes, à Bar-le-Duc dans la Meuse, voulez-vous ? la confiture de groseilles moi j'adore ça, et puis, si je peux me permettre ce petit trait d'humour, maintenant que nous commençons à bien nous connaître, vous et moi, je pense que, étant donné les circonstances, il vaut mieux pour vous être dans la Meuse que dans la mouise – oui, oh, eh, hein, bon, si on ne peut plus plaisanter un peu, même si je comprends parfaitement que vous n'ayez pas trop le cœur à rire à cet instant précis, bien sûr, mais relax, mon petit Gilles, détendez-vous, exilez votre peur, allez plus haut que ces montagnes de douleur, je sais que vous en êtes capable, enfin je dis ça, restons modestes, vous n'êtes pas non plus Eddy Merckx, ni moi un monstre, et personne ne vous demande d'aller décrocher le col du Galibier, hein, mais tout simplement de vous rendre à Bar-le-Duc, comme je vous le disais, voir s'il y est, notre ami Frédéric Berthet, et de me le ramener, voilà, c'est tout, bon sang de bois, je me dis que ça devrait quand même être dans vos cordes, vous ne croyez pas ? ainsi que quelques pots de confiture de groseilles, n'oubliez pas, merci mon petit Gilles, vous êtes adorable, je savais que je pouvais compter sur vous», et c'est à bon droit qu'on pourra se demander ce qu'elle vient faire ici tout à coup, la groseille, et pourquoi elle suscite autant d'intérêt chez un ponte du grand banditisme, milieu dans lequel, fruit pour fruit, on aurait plutôt tendance à se passionner pour la grenade ou la châtaigne, mais Flamurd non, lui, c'était la groseille, à propos de laquelle il pouvait se vanter de posséder quelques connaissances, de savoir, par exemple, non seulement qu'elle est le fruit du groseillier, en particulier des espèces *Ribes rubrum*, *Ribes uva-crispa* et *Ribes nigrum*, et qu'en Suisse romande on l'appelle parfois raisinet ou raisinelet, mais aussi que les feuilles dudit groseillier, arbrisseau d'un mètre et demi à port décombant, comportent trois lobes à rebord découpé et se relient aux tiges à travers un pédoncule faisant environ une fois la longueur axiale de la feuille, par groupes de trois feuilles, parfois cinq, qu'un léger renflement se forme à l'endroit où les feuilles émergent timidement de la tige, laquelle se lignifie avec l'âge et dont l'écorce brune et fibreuse peut alors se détacher aisément (observations dont on déduira au passage que l'homme, malgré qu'il en ait, est plus proche de la groseille qu'il ne se plaît à le croire), que les fleurs du groseillier, arrangées en panicules se comptant en général au nombre d'une dizaine, voire une vingtaine pour les membres les plus fanfarons de l'espèce, produisent de charmants petits fruits d'environ huit à dix millimètres, que ceux-ci, d'un vert translucide à l'aube de leur croissance, passent ensuite par une gamme de couleurs fauves allant graduellement du jaune citron à l'orangé avant d'arriver enfin au rouge automnal, qu'en toute saison le fruit demeure sur le plant en offrande aux oiseaux, à la cueillette ou à la récolte, que la groseille, et là ce n'est un secret pour personne, peut notamment être transformée en gelée, plus ou moins sucrée selon votre goût, laquelle se révèle particulièrement riche en pectine, l'idée même de pectine, phonétiquement parlant et quand bien même on ne serait pas tout à fait au point quant à la réalité scientifique qu'elle recouvre, étant lourde de bienfaits, tant on y entend de l'énergie, du muscle, quelque chose d'éminemment positif et plosif et, de fait, la question a longtemps fait l'objet des plus pépineuses controverses mais ça y est, les qualités antioxydantes de la groseille rouge et sa teneur en flavonoïdes sont désormais reconnues, le débat est clos, que le meilleur moyen d'obtenir une bonne confiote de groseilles est de les fouler aux pieds, et même à pieds nus, comme on dit d'un homme qu'il strangule sa femme à mains nues, c'est-à-dire sans prendre de gants, et le fait est qu'il ne faut pas y aller avec le dos de l'astragale, sans trop s'inquiéter de ce que les groseilles passent un sale quart d'heure, car je rappelle aux antispécistes un poil trop vétilleux que les groseilles, malgré leurs nombreuses qualités, notamment au niveau flavonoïdaire, n'éprouvent pas la douleur et, peu sentimentales, se fichent bien qu'on les foule, même si l'on peut concevoir qu'un tel frugiclasme ne soit pas du goût de tout le monde, que la perspective de s'immerger jusqu'au mollet dans une barrique pour immoler tout un bataillon de groseilles au nom du dieu confiture en les écrabouillant afin de les transformer en une mélasse sanguinolente qui vous colle et vous couine entre les orteils ne soit pas la plus noble ni ragoûtante des activités et qu'il y ait probablement mieux à faire de son existence, par exemple fonder une agence de microcrédit, flâner sur les grands boulevards ou encore briguer un siège à la chambre basse du parlement letton, d'ailleurs certains ne se sont pas gênés pour démontrer qu'on pouvait, avec la groseille, faire autre chose que de la bouillie, qu'on en juge en se penchant un bref instant sur le cas du Dr Louis Auzoux qui en 1877 réalise un superbe modèle pédagogique de groseille en papier mâché, œuvre confondante de réalisme autant que de vain labeur qui n'est pas sans évoquer la vue en coupe d'un utérus humain d'où se déverse une kyrielle de petits noyaux semblables à une poignée de cacahuètes égoussées comme les enfants s'amusent à en jeter aux girafes dans les zoos de Navarre pour tenter, dans leur immense présomption infantile, de les abattre (et non pas, comme bien naïvement on le croit en général, pour les nourrir (alors que les girafes, tout le monde sait ça, ne mangent de toute façon pas de ce pain-là, mais plutôt de la betterave (d'où la langue) ou des pastilles à l'eucalyptus (d'où l'haleine))), qui, gracieusement dressée comme en lévitation au bout de sa tige sur un fruste socle d'étain griffé (la demi-groseille utérine en papier mâché du Dr Auzoux, pas la girafe), semble figée en une sorte de déhanchement mutin, comme si l'artiste, entretenant avec son modèle des rapports manifestement privilégiés, voire douteux, l'avait saisie au moment le plus intime et parfait de sa végétale féminité, et qu'on peut admirer (la groseille, pas l'artiste), aux côtés de sa non moins évocatrice cousine la fleur de rumex (réalisée par le même Auzoux, dont l'inspiration vulvaire, sinon la franche perversité botanique, ne fait cette fois plus le moindre doute), au Musée national de l'Éducation à Rouen, 185 rue Eau-de-Robec, 76000 Rouen, lequel, le Normand étant notoirement tire-au-flanc, n'est ouvert que de 13 heures 30 à 18 heures 15 tous les jours de la semaine sauf le mardi, mais encore que la groseille, venue tout droit de Scandinavie, est cultivée dans les jardins français depuis le Moyen Âge, qu'on parle parfois, dans l'étroit cénacle des spécialistes, fétichistes et autres amoureux transis de la groseille, de «touffe» pour désigner un plant, que la production rentable d'une touffe bien traitée dure de douze à quinze années (comme quoi l'homme est *très* proche de la groseille), que la France produit environ 10 000 tonnes de groseilles par an (alors que l'Allemagne 150 000 (d'accord, mais c'est quand même nous qu'on a gagné)), qu'on en fait non seulement des confitures et des gelées (de la groseille, pas de l'Allemagne) mais aussi des tartes, des sirops, des compotes, des eaux-de-vie et même, avis aux girafes et aux enroués, des bonbons à sucer, que la groseille contient de tout en quantité moyenne (l'homme est décidément très, *très* proche de la groseille), fibres, magnésium, calcium, potassium, fer, vitamine C et bêta carotène, même si, on ne le dira jamais assez, son principal avantage demeure qu'elle est bourrée jusque ras la gueule de flavonoïdes, excellents pour le renouvellement de la peau, qu'elle est gorgée de jus (82 % d'eau ! (quand l'homme lui-même (pourtant très proche de la groseille) n'est aqueux qu'à 65 %)), qu'elle a une saveur acidulée qui se révèle fort rafraîchissante, désaltérante et apéritive, que si vous ingurgitez 100 grammes de groseilles, sous la forme qui siéra le plus à votre palais, vous ferez d'un coup d'un seul provision de 1,1 gramme de protides, 5 grammes de glucides, 0,3 gramme de lipides, le tout pour seulement 33 calories, et en plus la planète vous dira merci (alors que votre intestin grêle vous dira merde, certes, mais il faudrait savoir ce qu'on veut et je rappelle à bon entendeur qu'on ne peut pas tout à la fois siffler l'apéro et l'opéra), que les effets patentés de la vitamine C, présente en proportion ahurissante dans la groseille, laquelle n'est donc pas loin à cet égard de tutoyer les sommets atteints par la pulpeuse et faraude tribu des agrumes, sont potentialisés par l'abondance des susdits pigments flavonoïdes, que par ailleurs, dans le calendrier républicain français, grâces en soient rendues à Philippe-François-Nazaire Fabre dit d'Églantine, le dix-septième jour du mois de messidor est dénommé jour de la Groseille, ce qu'occupés que nous sommes à éradiquer la faim dans le monde et les poux dans la tignasse de nos chères têtes blondes on oublie trop souvent, comme on oublie, ou ignore, qu'à Loison-sur-Créquoise, dans le Pas-de-Calais, chaque année, en général pendant le troisième week-end du mois de juillet, se déroule la fête de la Groseille, dites que vous venez de ma part, et qu'à Bar enfin on épépine, et pas qu'un peu, et pas n'importe comment mais à la plume d'oie s'il vous plaît, depuis pas loin de sept siècles, et si Paul-Albrecht Flamurd était capable de vous en tartiner autant sur la groseille, c'est qu'avant d'embrasser la carrière, moins honorable et licite quoique tout aussi salissante, qui devait faire son infamante fortune et finirait fatalement par entraîner sa perte, il avait lui-même débuté en toute innocence dans ce fructueux métier, comme apprenti épépineur de groseilles, ce qui n'est pas si peu banal que ça quand on est né à Loison-sur-Créquoise, justement, où, quoiqu'on y naisse encore, il faut bien dire que les perspectives d'emploi ne se bousculent pas au portillon, et puis qu'il faut bien commencer quelque part, dans la vie, par exemple au poste de visseur de couvercles chez Dutriez, maîtres confituriers depuis 1937, où très vite le petit Paul-Albrecht fit ses preuves et prit du galon, ce qui lui valut d'être envoyé avant même ses seize ans révolus à Bar-le-Duc, capitale universelle de l'artisanat grossulaire, où le plus-si-petit-que-ça

Paul-Albrecht fit de nouveau ses preuves et prit encore plus de galon mais aussi la grosse tête et surtout rencontra, lors d'une soirée généreusement arrosée au calva à la cerise à maquereau dans un bouge malfamé du quartier de la Ville-Haute, un type qui n'avait rien à voir avec la groseille mais beaucoup en revanche avec la pègre du Grand-Est ainsi qu'avec la farine à naseaux dont il était un baron et au commerce de laquelle il initia un Paul-Albrecht désormais parvenu à pleine maturité qui ne tarda pas à comprendre qu'il y avait bien plus de débouchés dans cette branche que dans celles auxquelles pendouillent ces saloperies de groseilles dont il commençait à avoir sa claque et c'est ainsi que hop, ni une ni deux, Flamurd avait viré sa cuti professionnelle et hop, en deux temps trois mouvements fondé un empire cocaïnier comme le Barrois n'en avait jamais connu et qui approvisionnait bientôt les sinus de tout le comté, et la suite on la connaît, putes et villas, chaînes en or qui brillent, petites frappes et grosses cylindrées, assassinats, vendettas, éviscérations, kidnappings, têtes de cheval et trahisons en tout genre, celle par exemple du majordome du manoir de La Hulpe d'où Paul-Albrecht dirigeait l'essentiel de ses opérations, un certain Fred (Frédéric Berthet de son vrai nom, mais tout le monde, bizarrement, l'appelait Fred, sans doute pour éviter toute confusion), que

Flamurd soupçonnait de lui avoir subtilisé des documents hautement compromettants, contenus dans l'une de ses fameuses enveloppes à fermeture japonaise, à soufflet et rabat double pli, de couleur mauve, format 229 × 324 × 25 mm, ne présentant aucune inscription hormis une discrète estampille à l'encre noire, dans le coin en haut à gauche, composée d'un monogramme – PAF – à l'intérieur d'un cercle, ce en quoi il n'avait du reste pas tort, car ce larcin, en apparence bénin, comme on dit à Cotonou, mais si lourd de conséquences à terme en réalité pour toutes les parties concernées, était bel et bien l'œuvre du mystérieux et insaisissable Fred, lequel coulait depuis des jours heureux à Papeete et à l'abri du besoin mais n'avait, on l'aura compris, strictement rien à voir de près ou de loin avec l'auteur de *Daimler s'en va* ni avec le Frédéric Berthet que Paul-Albrecht Flamurd avait localisé à Bar-le-Duc et qu'il avait chargé Slobodan Vlasiković et Chatzkel Namasivayam de charger Gilles Capodastre alias Yvon Castropade de traquer, d'appréhender et de rapatrier enfin à La Hulpe où ça allait barder pour son matricule, d'où pataquès, patatras et patin-couffin, et voilà comment une toute petite méprise homonymique de rien du tout avait conduit ce vieux con de Flamurd non seulement à ne jamais remettre la main sur sa précieuse enveloppe mais à échouer enfin derrière les barreaux (ladite enveloppe ayant été anonymement envoyée depuis un bureau de poste des îles Marquises à la rédaction de France 2, 22 avenue Montaigne, Paris VIIIe, où elle atterrit un beau matin entre les mains solides et fragiles à la fois de Laurent Delahousse, lequel, dans son inébranlable rectitude journalistique, n'hésita pas une seule seconde à interrompre aussitôt sa séance brushing avec Franck pour revoir entièrement son conducteur de sorte à pouvoir la révéler le jour même en exclusivité à sa *fan base* (l'enveloppe, pas la séance brushing) lors d'une édition particulièrement suivie de son bulletin d'informations vespéral, faisant ainsi éclater au grand jour le scandale Flamurd et, par la même occasion, grimper en flèche ses émoluments mensuels ainsi que sa cote de popularité auprès de la ménagère de moins de cinquante ans toujours très cliente de ce genre d'affaires crapoteuses qui la changent, il est vrai, des corvées de linge et de Françoise Bourdin), tandis que notre Frédéric Berthet à nous, rappelez-vous, se pendait tranquillement à la poutre d'entrait du plafond à ferme apparente de la chambre numéro 16 de l'hôtel de Trêve à Bar-le-Duc pour des raisons qui, n'ayant donc pas plus de rapport avec Flamurd et consorts qu'avec la politique agricole du Kirghizstan, je pense que c'est désormais très clair pour tout le monde, continuent malgré nos louables efforts de demeurer passablement obscures et qu'on ne saurait tenter d'élucider un tant soit peu qu'au moyen, une fois de plus, d'un léger retour en arrière, en remontant aux origines les plus lointaines et fondamentales de notre histoire, c'est-à-dire à l'année 1862, année sur laquelle on n'aurait pourtant pas parié un riyal yéménite après un mois de janvier un peu gla-gla et plan-plan mais qui s'emballe soudainement, dès le dimanche 2 février, quand le damel Madiodio Déguène Codou Fall signe la reddition du royaume du Cayor au Sénégal alors gouverné par le Lillois Louis Léon César Faidherbe, qu'on a trop souvent tendance à réduire à une demi-station de métro parisien alors que ce brave homme passa une bonne partie de sa vie à tenter de pacifier le continent noir, s'échinant à cette fin, car comme dit le proverbe toucouleur on ne fait pas de thiéboudiène sans piler du manioc, à massacrer un maximum de Maures et de Sérères, s'illustrant ainsi notamment trois ans plus tôt lors de la bataille de Logandème qui le vit triompher du roi Maad a Sinig Coumba Ndoffène Famak Diouf en moins de temps qu'il n'en faut pour prononcer le patronyme exhaustif de ce dernier sans fourcher, or à peine a-t-on eu le temps de se féliciter de l'annexion du Cayor, laquelle va nous permettre d'accéder beaucoup plus facilement à la presqu'île du Cap-Vert qu'on a grand hâte de mettre à feu et à sang afin d'enseigner les rudiments de la civilisation à la poignée de sauvages arriérés qui prétendent la peupler et dont je te fiche mon billet qu'ils ne nous diront même pas merci, que, le lendemain, on déplore la disparition brutale du botaniste batave Carl Ludwig Blume, pour l'enterrement duquel ça ne va pas être une mince affaire que de dégoter une gerbe de chrysanthèmes digne de ce nom, mais, coup de bol, on vient tout juste d'en trouver une belle botte en promo à l'Interflora de Buitenzorg que *škrac*, pas de pot, quatre jours plus tard c'est au tour du compositeur pragois František Škroup de passer la harpe à gauche, à Rotterdam, après une carrière en dents de scie musicale aujourd'hui scandaleusement sous-représentée dans la grille des programmes de Radio Classique et c'est bien dommage, car je rappelle que Škroup est tout de même l'auteur de *Kde domov můj ?*, l'hymne national tchèque, qui compte parmi les plus poignants des chants patriotiques, au point que le dernier empereur moghol, Muhammad Bahâdur Shâh, demanda qu'il fût joué lors de ses propres funérailles, souhait qui fut promptement exaucé puisque celles-ci se déroulèrent pas plus tard qu'au mois de septembre de la même année 1862, peu de temps après son bannissement en exil à Rangoun suite à la révolte des cipayes écrasée dans le sang et la bonne humeur par des Anglais pas moins déterminés que leurs frères ennemis gaulois à répandre généreusement de par le monde les bienfaits du savoir-vivre occidental, mais n'allons pas trop vite en besogne et ne nous hâtons pas de vouer aux gémonies, si funèbre qu'il ait été, ce mois de février 1862, celui-ci n'ayant pas été avare non plus en réjouissances, car voici que voit le jour, le dimanche 16, Désiré Delansorne, roi de la petite reine, garagiste et futur maire d'Arras sans étiquette mais se réclamant de la mouvance waldeck-rousseauiste dont on n'est pas près d'oublier le duel qui l'opposa en 1894 (Désiré, pas la mouvance waldeck-rousseauiste) à Maurice Garin dans la course de grand-bi Lille-Boulogne qu'il remporta d'un poil, or à propos de pilosité n'oublions pas qu'en 1862 l'espèce humaine a également la joie, l'honneur et l'avantage d'accueillir dans ses rangs le matador Rafael Guerra Bejarano, dit Guerrita, qui hélas ou olé, selon ce que vous inspire l'art tauromachique, finira par tomber dans les arènes de sa Cordoue natale sur plus hirsute que lui, mais aussi le nettement plus glabre Aristide Briand, dont l'unique but dans l'existence semble avoir été de donner son nom au plus grand nombre possible de ronds-points et qui, au lieu de faire le pingouin à Stockholm avec le berlinois Gustav Stresemann pour je ne sais quelle histoire de prix

Nobel de la paix et de prétendue réconciliation franco-allemande alors que bon, hein, merci bien, eût sans doute mieux fait de s'intéresser de plus près aux éclairants travaux du tout aussi teuton pionnier de la parapsychologie Albert von Schrenk-Notzing, né la même année que lui et donc pas de la dernière pluie, tout comme Claude Debussy, Gustav Klimt ou encore Ernest de Chamaillard, pinceau mineur de la trop ignorée école de Pont-Aven, surnommé Kouign-Amann par ses amis et Kouign-Molle par ses détracteurs, qui est un peu à la peinture paysagiste ce que František Škroup fut à la bourrée polonaise et dont certaines des croûtes les plus remarquables, comme *La Rivière de Quimperlé, Falaises de Douarnenez* ou *Les Remparts de Dinan à l'automne*, illustrent aujourd'hui encore les menus plastifiés de bon nombre de restaurants du Finistère, par exemple Breizh à la Douzaine, à Pouldreuzic, 13 rue de Plozevet, 29 710 Pouldreuzic, juste après la pharmacie, établissement familial, chaleureux et iconoclaste qui n'hésite pas à bousculer une tradition crêpière locale parfois quelque peu grumeleuse en proposant d'audacieuses créations maison telles que la Toucouleur ou la Girafe paimpolaise, et dans cette même veine ambiance de la brousse on s'en voudrait de ne pas mentionner, au chapitre des heureux événements ayant marqué l'année 1862, outre la publication des *Misérables*, de *Salammbô* et surtout du *Nez d'un notaire* d'Edmond François Valentin About de l'Académie française, la naissance encore, à Leicester, faubourg des Midlands, dans l'arrière-cour fangeuse des fourbes scélérats grands-bretons, du tristement célèbre homme-éléphant Joseph Merrick, immortalisé dans le non moins fameux film de David Lynch en 1980 par un John Hurt méconnaissable dont peu de gens savent par ailleurs non seulement qu'il était fils de vicaire anglican mais qu'il fut aussi un temps pressenti pour incarner à l'écran, sous la direction de Stanley Kubrick qui laissa toutefois tomber cet ambitieux projet et préféra conclure sa carrière par un gros plan sur les fesses de Nicole Kidman en train de se trémousser sur une valse d'André Rieu, le prince Otto Eduard Leopold von Bismarck, lequel en 1862, justement, devient ministre-président du roi de Prusse Guillaume Ier et quelle joie pour lui cette année-là d'être l'idole des jeunes Chleuhs tandis que la France, qui a bien tort de ne pas s'en inquiéter plus que ça sur le moment et qui, vexée sans doute de ce que plus grand monde ne l'idolâtre, elle, est prise d'une jalouse fringale diplomatique et se met à signer à tour de bras tout un tas de traités, celui par exemple des Dappes avec la Suisse, celui de Bayonne avec l'Espagne, puis, parce qu'on ne change pas une équipe qui gagne, un autre encore à Madagascar avec le roi Radama II et un dernier pour la route au Gabon qui lui attribue le cap Lopez, bien joué les gars, après quoi ces plénipotentiaires messieurs rentrent au quai d'Orsay juste à temps pour garantir officiellement lors d'une conférence de presse avec leurs homologues anglais l'intégrité des États de Zanzibar et de Mascate et Oman, tout cela est donc rondement mené comme on le voit, au point qu'on en oublierait presque que le mercredi 5 février, soit quarante-huit heures à peine avant la disparition tragique et passée tragiquement inaperçue de František Škroup, le prince Alexandru Ioan Cuza de son côté proclame Bucarest capitale de la Roumanie tout juste engendrée la veille au soir par l'union des principautés de Moldavie et de Valachie, Alexandru qui, curieusement, malgré le rôle déterminant qu'il devait jouer dans la renaissance culturelle et politique transylvaine, ne fut jamais invité à se rendre au Japon où, le 14 septembre 1862 et plus précisément à Namamugi, pas très loin de Yokohama, une escouade de samouraïs xénophobes du fief des Satsuma, menés par l'irascible Shimazu Hisamitsu, croisa la route de quatre pauvres clampins britanniques qui allaient devisant en petite promenade postprandiale et qui, une fois n'est pas coutume, n'avaient rien fait de mal ni demandé à personne mais dont les fiers daimyos estimèrent que la seule foulée de leurs croquenots sur la terre de leurs ancêtres constituait une insupportable offense au noble sang nippon, laquelle offense exigeait tout naturellement qu'ils versassent sur-le-champ celui de ces quatre perfides ressortissants d'Albion et c'est ainsi, conformément à la loi immémoriale du *kiri sute gomen* en vertu de laquelle leur était octroyée, littéralement, l'« autorisation de trancher », et on se doute bien que ce n'est pas de mortadelle qu'il était question en l'occurrence, qu'ils entreprirent d'émincer les quatre malheureux rosbifs à coups de sabres frais émoulus des ateliers du redoutable Hattori Hanzo, escarmouche au fond assez anodine dont il n'y avait pas de quoi faire tout un munster au yuzu mais que les nervis de Sa Susceptible Majesté ne loupèrent pas l'occasion de monter en épingle et d'utiliser l'année suivante comme prétexte pour bombarder la ville de Kagoshima qui elle non plus n'avait rien demandé à personne, pas plus d'ailleurs que les bucoliques bourgades américaines de Shiloh, Fair Oaks, Middle Creek, Hampton Roads ou encore Bull Run, qui toujours en cette même année 1862 sont le théâtre de terribles combats entre défenseurs de l'Union et partisans de la Sécession et voient quantité d'hommes tomber comme des diptères torchés au tord-boyaux devant les portes battantes de leurs saloons, quoique nulle part en si grand nombre qu'à Apache Pass, où se déroule dans un décor john-waynien, sous un cagnard comme il n'en tape qu'au mois de juillet en Arizona, une bataille particulièrement fructueuse en cadavres indiens et au lendemain de laquelle le vieux Cochise, chef des Chiricahuas, comprend, avec une prescience remarquable puisque le football ne sera officiellement inventé que quinze mois plus tard, de quelles crétines abominations les visages pâles sont capables et décide en conséquence de se retourner contre eux dont il était jusqu'alors l'allié, revirement qui tout judicieux qu'il fût ne déboucha évidemment sur rien ou pas grand-chose, il n'y a qu'à voir ce qui reste aujourd'hui du vénérable peuple natif du Nouveau Monde, un hagard régiment clairsemé de loqueteux nattés et dipsomanes prestement poussés, malgré le surpoids endémique qui sévit au sein de leur population bientôt réduite à peau de balle, au bord de l'extinction définitive par les spoliations, les maladies vénériennes et les discriminations, parqués comme des gnous en quarantaine dans d'insalubres réserves où même le plus intouchable des Sri-Lankais n'oserait pas hasarder ses trois derniers moignons d'orteils et où pour distraire le touriste chinois et autres pékins en goguette on leur demande de temps en temps de se mettre trois plumes dans le cul et de faire wouh-wouh en dansant la macarena autour d'un feu de pacotille avec un tomahawk en caoutchouc en attendant qu'ils finissent gentiment de crever comme crèveront les Éthiopiens sous l'impuissante houlette du négus Théodoros II qui, toujours en 1862, prend sa plus belle plume en écaille d'ouroboros pour écrire à la reine Victoria afin de lui proposer une alliance contre les Ottomans et lui demander au passage la recette du ragoût d'agneau à la sauce Albert, requête à laquelle nul ne sait si la gastronome souveraine donna suite mais qu'il nous soit permis d'en douter, compte tenu de l'attitude un tantinet hautaine que selon certains fins connaisseurs des turpitudes de la maison de Hanovre elle avait coutume d'affecter, pour ne pas dire, comme d'autres exégètes moins timorés des bien-nommées annales monarchiques, que Sa Ventripotente Potentate, à l'instar de tant de ses sujets, était tout bonnement encline à flatuler plus haut que son trône, à moins que ces dispositions gazeuses n'aient été qu'un regrettable effet collatéral d'une excessive consommation dudit ragoût et d'autres semblables galimafrées ourdies dans les marmites d'outre-Manche, mais à propos d'art culinaire anglais ajoutons enfin pour n'oublier personne que ça chie aussi au même moment en Grèce, en Pologne, en Équateur, en Bulgarie, en Cochinchine et en pays Dogon, bref, l'année 1862 tient toutes ses promesses, partout dans le monde les hommes s'agitent tout à fait inutilement, baignant avec délices et complaisance dans le brouet pestilentiel de leur propre médiocrité, et ils sont bien peu avec tout ça à s'aviser que, le 6 du mois de mai, le plus merveilleux d'entre eux s'éteint à l'âge de quarante-quatre ans, comme il aura vécu, solitaire et discret, à Concord, dans le Massachusetts, posant un ultime regard empli d'amour et de sérénité sur toutes choses, les arbres, les chemins, l'herbe et la pluie, les rivières et le vent, et sur sa tante Louisa qui lui tient à cet instant la main et lui demande s'il a fait sa paix avec Dieu, à quoi Henry David Thoreau, puisque c'est de lui qu'il s'agit, répond avec douceur, avant d'envoyer se mêler aux nuages, tout là-haut dans le ciel, la buée de son dernier souffle, « je ne savais pas que nous étions fâchés », et Dieu lui-même, s'il avait pu entendre ces mots, en eût été ému aux larmes, hélas Dieu est plus sourd que le plus industrieux des moines onanistes de l'abbaye de Sainte-Paluche-de-Soubirous, ainsi que se plaisait souvent à déclarer à la cantonade non pas Henry David Thoreau, bien sûr, mais cet indécrottable bouffe-curé de François-Charles Delamain lors des sacro-saints repas de famille dominicaux à Saint-Nom-la-Bretêche où pendant près de quarante ans, jusqu'à l'ironique et malencontreuse chute sur le parvis glissant de l'église Saint-Nom qui devait lui coûter la vie par un bruineux jeudi matin du mois de mars 1989, il exerça la profession d'horloger, ce qui lui valut, au mois de mars toujours mais vingt-sept ans plus tôt, en 1962, de recevoir dans sa petite échoppe encombrée de rouages, de pignons et de poussière (surtout de poussière) la visite d'une certaine Marie-Suzanne Derolland venue faire réparer, en vue de l'offrir à son filleul Jean-Cyprien à l'occasion de la première communion de ce dernier pas le dimanche qui vient mais l'autre, une vieille montre de gousset ayant appartenu à son grand-oncle Louis-Auguste Derolland, lequel, un siècle plus tôt jour pour jour, c'est-à-dire donc en 1862, et ne venez pas me dire après ça que vous ne croyez toujours pas au destin, accepta la proposition de partenariat commercial qu'au terme d'une partie de coinche endiablée lui fit Paul-Henri Cullaz qui venait de racheter la petite fabrique de clous et de compas implantée depuis 1840 à l'angle des routes de Viarmes à Beaumont et d'Asnières à Royaumont, dans le Val-d'Oise, qu'il avait l'intention de retaper pour en faire une usine moderne dévolue à la production d'articles en caoutchouc et plus spécifiquement à la confection d'imperméables, idée que Louis-Auguste trouva ma foi frappée au coin du plus mercantile bon sens étant donné la moyenne des précipitations annuelles observées dans la région, et c'est ainsi que se lancèrent à l'assaut d'un marché de l'équipement anti-intempéries jusqu'ici trusté par le parapluie les deux hommes, qu'unissait une amitié pour le coup sans orages ainsi qu'un même goût immodéré pour le gratin de crozets, ce plat aussi rustique que roboratif qui leur rappelait leur commune enfance haut-savoyarde et que leurs épouses respectives, Odette et Claudine, cuisinaient aux petits oignons et à tour de rôle tous les mardis soir quand les familles Derolland et Cullaz se retrouvaient rituellement autour de la même table, tantôt chez l'un, tantôt chez l'autre, pour célébrer leur alliance et la contribution qu'elles allaient à n'en point douter apporter à la révolution industrielle qui alors en pleine bourre laissait augurer de chantants lendemains, augure qui eût peut-être fait se dresser plus d'un broussailleux sourcil au beau front soucieux et buriné quoique un peu bas du chef Cochise, certes, mais à quoi bon insulter l'avenir et saper le moral de nos deux entreprenants camarades alors que tous les voyants sont pour l'instant au vert, qu'Odette s'est surpassée ce soir, qu'il ne reste pas une seule lichette de gratin dans le plat et que, la panse bien pleine, on se retire à présent au salon avec un godet de myrtille de derrière les fagots et un bon cigare pour parler entre hommes des perspectives futures de la société Cullaz & Derolland, parce que les paraverses c'est bien beau, et ça marche d'ailleurs pas mal, mais enfin il serait grand temps de voir plus grand, or Paul-Henri a sa petite idée à ce sujet, petite idée qu'il expose maintenant à Louis-Auguste avec la gravité fébrile d'un général danois fomentant le morcellement territorial de la péninsule de Snæfellsnes après que Copenhague aura remis au pas la séditieuse Islande qui lui appartient de droit depuis au moins le démantèlement de l'Union de Kalmar en 1536, et Derolland écoute son ami avec amusement et mansuétude face aux effets de manche dont celui-ci est coutumier, lesquels, il le sait, n'entament en rien cependant la probité d'un Cullaz de fait au sommet de sa forme histrionique ce soir-là, de sorte que, sitôt la dernière goutte de myrtille avalée, les deux hommes topent là et c'est ainsi qu'on va dorénavant laisser le champ libre aux modistes et autres frivoles artisans de l'ombrelle imperméabilisée, tournant le dos à la niche commerciale un peu trop étriquée du ciré pour s'intéresser à celle, autrement plus spacieuse, lucrative et pérenne, du jouet mais attention, pas n'importe quel jouet, pas l'éternel petit cheval à bascule en bois de notre arrière-grand-père dont on a vite fait de se lasser et de se débarrasser en le remisant au fond du grenier (le cheval à bascule, pas notre arrière-grand-père), ni le lourd bilboquet lui aussi en bois dont la dangerosité n'est plus à démontrer, comme l'attestent les sept points de suture dont il a fallu balafrer samedi dernier encore le cuir chevelu du pauvre petit Pierre-Anselme Cullaz, non, mais des jouets, toute une gamme de jouets, fabriqués à partir d'une substance moderne, malléable, inoffensive et peu onéreuse bientôt appelée à se répandre dans tous les foyers parentaux du Val-d'Oise et au-delà comme la blennorragie sous les bures du bas clergé, j'ai nommé le caoutchouc, matériau de la grande famille des élastomères qui à l'état naturel est bien entendu un polyisoprénoïde mais qui pour peu qu'on ait quelques notions de base en physique-chimie peut aussi s'obtenir assez aisément de façon synthétique à partir de monomères issus d'hydrocarbures fossiles ou, plus facilement encore, par la transformation du latex que sécrètent spontanément certains généreux végétaux comme l'hévéa ou le guayule, sympathique plantule sporophyte aux allures corallienne qui s'épanouit essentiellement dans les plaines arides du Mexique et que la tribu mésoaméricaine des Tépanèques d'Atzcapotzalco connaissait déjà bien puisque ces ingénieux indigènes en utilisaient le suc moulé sur des plaquettes d'argile pour fabriquer divers objets courants tels que canule à trépanation, truelle d'équarrissage ou joints de pots à confiture, selon leur humeur du jour et le sort auquel il leur plaisait de soumettre leurs ennemis (et qui sommes-nous, du haut de nos vingt pauvres siècles poussifs, pour le juger plus barbare que celui réservé par le Barisien aux groseilles, le catholique aux cathares ou l'Olmèque aux lardons ?), mais à laquelle ils recouraient souvent aussi pour ses vertus médicinales, bref l'antique Aztèque plébiscite le caoutchouc qu'il va même jusqu'à sacraliser et à ce titre déposer tous les 15 du mois en offrande aux pieds du dieu Xiuhtecuhtli sous la forme de petites balles dont les propriétés rebondissantes évoquent à ses yeux de naïf panthéiste la course éternelle du Soleil autour de la Terre, après quoi le caoutchouc, à l'image de ces pissants primitifs, sombre dans un relatif oubli, jusqu'au jour où les naturalistes français Charles Marie de La Condamine et François Fresneau de La Gataudière, qui en 1737 s'ennuient à s'en déboîter les pouces dans les jardins vérolés de Versailles, décident sur un coup de tête d'aller voir au Pérou s'ils y sont et là, bingo, ils redécouvrent le *caotchu*, du quechua *cao* qui signifie « bois » et *tchu* qui signifie « qui pleure », et hop, le temps de passer au fil de la baïonnette quelques frustes métayers du Machu Picchu empagnés, mal peignés et pas trop d'accord pour qu'on les déforeste, non mais pour qui on se prend, on s'empresse de franciser et de rapporter tout ça au pays sous les vivats de la cour de Loulou quinzième du nom et c'est ainsi que La Condamine et La Gataudière auront droit eux aussi à leur blaze sur une plaque de rue, le premier à Paris XVIIe, le second, plus modestement, à Marennes-Hiers-Brouage où qu'il était né, en Charente-Maritime, et s'il y a là il est vrai de quoi crier quelque peu à l'injustice, on sera soulagé d'apprendre que celle-ci est désormais réparée, même si sur le tard, puisque c'est bel et bien en hommage au mésestimé François Fresneau qu'on a tout récemment réaménagé le château qui lui servait de maison de campagne où venir le week-end se délasser les tubéreuses après qu'on avait passé toute la semaine enfermé dans un laboratoire du Jardin des Plantes à empailler des wombats, château qu'on en a profité pour rebaptiser, enseigne nettement plus attrayante et républicaine, du nom de Parc Aventure La Gataudière, 19 rue de La Gataudière, 17 320 Marennes-Hiers-Brouage, vaste et bel espace de détente, de loisirs et de verdure où ne chante hélas pas la moindre rivière mais où d'avril à octobre et de sept à soixante-dix-sept ans, pour le bonheur de nos petits casse-cou comme des plus fervents thuriféraires de la préservation de notre beau patrimoine d'Ancien Régime, on peut venir en famille pratiquer l'accrobranche, le paintball, le bubble foot, le bungy trampoline, le quad et le karting ou encore admirer les cabinets d'aisance reconstitués de Sa Coliqueuse Seigneurie (car on n'avait pas rapporté que du jus de bois de sa petite virée sud-américaine), toutes activités ludiques et culturelles qui s'appuient sur des infrastructures requérant l'utilisation massive de divers équipements et produits dérivés, devinez quoi, du caoutchouc, oui monsieur, lequel, suite à la geste péruvienne de nos deux prométhéens compatriotes qui au mépris de tous les dangers, à la sueur de leur perruque et au prix d'une tourista carabinée ramenèrent le trophée latex à la maison, allez les Bleus, allait soulever l'engouement d'une pléthore internationale d'autres sommités scientifiques qui à leur tour s'évertuèrent au cours des années subséquentes à l'étudier, à le tester, à le tripoter, à le transformer et à l'exploiter enfin sous toutes les formes possibles et imaginables, ainsi par exemple Joseph Priestley dont on ne s'étonnera pas que le nom ait été peu ou prou effacé des mémoires puisqu'en 1770 il invente la gomme, Charles Macintosh qui brevète coup sur coup en 1823 non pas l'ordinateur portable et la souris filaire, ne dites pas de bêtises, mais le trench écossais et la capote anglaise, tandis que John Boyd Dunlop qui n'est pas du genre à se dégonfler face à la concurrence s'occupe du pneu en 1888, et quant au fil à couper le beurre, merci d'avoir posé la question, on ne sait toujours pas à qui on le doit mais certainement pas à ma sœur, puisque je n'en ai pas, et je serais prêt à parier les quelques dernières piécettes qui végètent encore sur mon plan d'épargne logement qu'il ne s'agissait pas non plus d'un aïeul d'Albert Bouchardin dont on va devoir malheureusement bientôt reparler, en attendant quoi il nous faut maintenant sensibiliser notre patient et citoyen lectorat à l'enjeu écologique majeur que représente l'industrie caoutchoutière, car l'hévéa, qui je le rappelle en est le principal pourvoyeur de matière première – même si en 1876 l'explorateur anglais Henry Alexander Wickham profita d'un bref séjour à Cuiabá, capitale du Mato Grosso, pour rapporter dans sa besace quelque 74 000 graines de cet arbre majestueux afin de les planter dans les colonies, comptoirs et autres protectorats que possédait alors Son Envahissante Majesté dans le Sud-Est asiatique, notamment à Ceylan et en Malaisie, et ainsi de couper l'herbe sous la plante, si j'ose dire, des pieds du Brésil qui en avait jusque-là le monopole –, l'hévéa, donc, demeure présent surtout dans la forêt d'Amazonie qui est son écosystème d'origine, or pour fabriquer des gommes, des chambres à air, des préservatifs perlés ou nervurés à la fraise, des semelles Nike Air VaporMax 360 ou encore des jouets pour les petits morveux du Val-d'Oise, il allait falloir procéder à certaines coupes franches dans ladite forêt, laquelle en un siècle se vit ainsi amputée d'une proportion alarmante de ces arbres aussi pacifiques et élancés que des girafes pouvant atteindre (les arbres, pas les girafes) plus de trente mètres de hauteur et un mètre de diamètre, dont l'écorce est vert grisâtre et les feuilles composées de trois folioles disposées à l'extrémité d'un pétiole tandis que ses fruits déhiscents se présentent sous la forme de petites capsules à trois loges contenant chacune une graine de deux centimètres environ, ovale, de couleur brune, décorée de taches blanchâtres, mais c'est surtout son écorce qui nous intéresse, à l'hévéa, car c'est dans cette partie de sa rugueuse anatomie que se trouvent les vaisseaux lactifères, alléluia, lesquels se développent en manchons concentriques dans le liber qui contient également les veinules conductrices du phloème, qu'on prendra soin s'il vous plaît de ne pas confondre avec le cytoplasme qui suinte de son tronc lorsqu'on le taillade car oui, désolé de parler de ça à table mais tel est le sort cruel qui attend le placide hévéa brésilien quand s'approche de lui le coupe-coupe du saigneur à la solde du vampirique capitaine d'industrie asniérois avide de s'abreuver de son gluant nectar afin de le décocter pour le réduire en pâte à jouet, et l'on conçoit mieux dès lors pourquoi l'Aztèque haché lui aussi menu par l'inexorable avancée de la soi-disant civilisation avait en sa prémonitoire sagesse surnommé « bois qui pleure » cet arbre que supplicient depuis des siècles pour trois fois rien tous ces Diafoirus du commerce globalisé à qui pour le coup la planète ne dit vraiment pas merci, alors que Paul-Henri Cullaz et Louis-Auguste Derolland eurent droit pour leur part aux accolades éperdues de reconnaissance de leurs contemporains enchantés de pouvoir offrir à leur ingrate marmaille des balles en caoutchouc plutôt que des clous et des compas à Noël, vive le progrès, mais bon, d'accord, vous avez raison, c'est un mauvais procès qu'on intente là aux sieurs Cullaz et Derolland qui ne pensaient pas à mal et n'avaient pas la chance de vivre à une époque où les œuvres complètes de Greta Thunberg étaient proposées à la libre consultation de toutes les consciences en mal de flagellation sur les rayonnages de la médiathèque Aguigui-Mouna d'Ushuaïa-sur-Sarthe, sinon vous pensez bien qu'ils eussent immédiatement mis le holà à leurs délétères activités et planté là Odette, Claudine et les verts vallons du Vexin pour aller sauver des baleines en mer du Japon ou cultiver du boulghour équitable à Cochabamba, au lieu de quoi c'est en toute bonne foi que Paul-Henri et Louis-Auguste persistèrent et signèrent dans le caoutchouc et y prospérèrent tant et si bien qu'en 1883 il apert que la petite manufacture val-d'oisienne, victime de son succès, doit urgemment se moderniser, s'étendre, se ramifier, se doter de nouvelles machines et de jeunes recrues ouvrières formées aux toutes dernières techniques de pointe du rotomoulage mais aussi et surtout, les deux pères fondateurs commençant à fatiguer et à sentir leurs vieux os prendre à leur tour la molle et sirupeuse consistance du phloème hévéatique, trouver un successeur, qu'on n'ira pas chercher bien loin puisque c'est à son propre neveu que fait alors appel Louis-Auguste Derolland, un dénommé Pierre-François Delacoste qui, lui, n'est pas du genre à prendre le latex avec des gants ni à gérer le business en se murgeant à la mirabelle et qui, avec un sérieux donc tout ce qu'il y a de plus abstème, une fois disposant des pleins pouvoirs après le départ à la retraite de tonton, pas trop tôt, va propulser l'humble firme familiale vers le triomphe planétaire à une vitesse foudroyante, laquelle nous autorise ainsi à sauter quelques étapes et à nous projeter d'un bond en 1961, soit quatre-vingt-dix-neuf ans après le rattachement du Cayor au Sénégal, la naissance d'Ernest de Chamaillard et la partie de coinche entre Cullaz et Derolland par quoi tout a commencé, pour nous intéresser à un certain Théo Rampeau, concepteur et sculpteur de jouets engagé quelques années plus tôt par la maison désormais affranchie de toute encombrante esperluette et rebaptisée sobrement Delacoste qui, un peu moins d'un siècle après ses débuts, couvre à présent une superficie de plus de six hectares sur laquelle s'étendent 30 000 mètres carrés de bâtiments et emploie près de 700 personnes, dont une centaine dans ses annexes de Gouvieux et Fleurines, produit quatre millions de joujoux par an, soit 47 000 par jour, et exporte ses créations aux quatre vents du globe, de Caracas à Piatigorsk en passant par la Lorraine mais aussi par Niaqornaarsuk où, étant l'un des cinq spécialistes mondiaux dans ce domaine, on expédie désormais des ballons-sondes météorologiques en élastomère destinés à l'étude des couches supérieures de l'atmosphère, même si en ce qui concerne Théo Rampeau, dont personne évidemment, et lui moins qu'aucun autre, ne peut encore imaginer à quel point son intervention pourtant guère conséquente à première vue ni très chirurgicale va bientôt peser dans notre petite histoire comme dans celles de l'industrie caoutchoutière, de la révolution des théories et pratiques puériculturelles et de la démocratisation des connaissances zoologiques, en ce qui concerne Théo Rampeau il faut bien reconnaître que les choses dans un premier temps se déroulent à de moins hautes altitudes, ce qui lui convient d'ailleurs très bien car Théo est un homme simple, réservé, comme va bientôt le prouver la suite c'est un inventeur de génie, bien sûr, à sa modeste échelle et presque malgré lui, mais c'est surtout un grand timide, un doux rêveur, l'un de ces hommes qui n'ont jamais entièrement fait le deuil de leur enfance et qui passent l'essentiel de leur vie adulte à tenter par tous les moyens de renouer avec celle-ci, soit, fort banalement, en commettant eux-mêmes l'acte de procréation afin de pouvoir au moins pendant un certain nombre d'années côtoyer l'un de ces spécimens humains encore sous-développés qu'on appelle *enfants*, dans la compagnie duquel ils vont avoir tout loisir de babiller, de bêtifier, de régresser et de se salir en pataugeant jusqu'à la luette dans les doudous et la bonne odeur de couches pas si ultra-absorbantes que ça, soit en embrassant la foi catholique, apostolique et romaine ou la carrière d'entraîneur de patinage artistique, soit encore, solution moins casse-gueule, en débitant à tout bout de champ un nombre incalculable de bêtises et en s'attachant à entretenir un imaginaire proche de celui d'un individu âgé de trois mois à sept ans et demi environ, l'un de ces hommes donc parfaitement inadaptés à la survie en société et sur le marché du travail s'ils ambitionnaient de devenir par exemple experts-comptables dans une entreprise d'import-export taïwanaise mais idéalement positionnés en revanche si, comme notre ami Rampeau, ils manifestent en outre des talents particuliers pour la manipulation du cytoplasme et la technique du rotomoulage qui vont leur permettre de décrocher les doigts dans le nez un emploi décemment rémunéré chez un fabricant de jouets dont l'activité en cette période de Trente Glorieuses est en plein boom et qui offre en sus l'avantage non négligeable d'être installé à Asnières-sur-Oise où l'on vient justement de se dénicher un joli petit pavillon en pierre meulière, rue du Parc-aux-Oiseaux, d'où l'on n'est qu'à huit minutes à pied de la rue des Ajeux où se dresse l'usine Delacoste, ce qui est une véritable aubaine lorsqu'on revient tout juste de trente mois de service militaire à Djibouti et qu'on ne savait pas trop où on allait atterrir, du point de vue professionnel comme immobilier, or je ne suis pas tout à fait certain qu'on trouve des girafes à Djibouti mais on est inévitablement amené à se dire que, d'une manière ou d'une autre, c'est sans doute ce dépaysant séjour en Corne africaine qui inspira Théo Rampeau lorsque, un beau matin d'avril 1960, il alla frapper à la porte du bureau de monsieur Delacoste, non sans quelque pusillanimité car avec monsieur Delacoste on ne plaisante pas, monsieur Delacoste ce n'est pas n'importe qui, monsieur Delacoste c'est même quelqu'un et il serait regrettable à ce titre qu'il interprète de travers cette initiative il faut bien l'admettre un peu cavalière de la part d'un de ses employés, même si l'employé en question jouit d'une réputation sans tache au sein de l'entreprise depuis qu'il y a été embauché, discret, consciencieux, ponctuel, jamais un mot plus haut que l'autre, toujours le sourire, quoique un peu dans la lune peut-être, pour lui soumettre une idée qui lui est subitement venue à l'esprit, lui-même ne sait pas trop comment ni pourquoi mais enfin voilà, une idée, alors je vous la livre comme ça, monsieur Delacoste, et surtout j'espère que vous n'interpréterez pas de travers cette initiative qui croyez-le bien n'est dictée que par l'attachement que je porte à votre maison de qualité depuis 1862 où je me suis toujours trouvé bien depuis que j'ai la chance d'y travailler et par le zèle plein d'entrain qui m'anime donc chaque matin quand je quitte mon petit pavillon en pierre meulière de la rue du Parc-aux-Oiseaux pour faire les huit minutes à pied seulement qui me séparent de oui, bon, c'est bien, Rameau, c'est bien, j'ai compris, venez-en au fait, ah oui, bien sûr monsieur Delacoste, tout à fait, alors donc voilà, l'idée qui m'est venue, eh bien c'est dimanche dernier qu'elle m'est venue, comme ça, subitement, dans mon jardin, où je binais, parce que voyez-vous c'est quelque chose que j'aime bien faire, le dimanche, biner dans mon jardin, je ne sais pas si vous aussi personnellement le dimanche matin mais enfin bref, j'étais donc en train de biner dans mon jardin dimanche dernier quand soudain une taupe, et c'est à ce moment-là que ça m'est venu tout à coup, au moment où la taupe, je ne sais pas pourquoi ni d'où c'est sorti (l'idée qui m'est venue, pas la taupe) mais toujours est-il que je me suis dit mais attends un peu voir mon petit Rampeau, les taupes, les chats, les chiens, les canards, les chevaux, les vaches, les cochons, les poules, oui bon abrégez mon vieux, on a d'autres chèvres à traire, tout à fait monsieur Delacoste, alors comme je vous disais donc, je me suis dit les taupes et tout ça, tous ces animaux, de la ferme on va dire, hein, de la campagne bien de chez nous, eh bien c'est bien beau mais il me semble que, comment dire, ils nous sont un petit peu trop familiers, enfin aux enfants, veux-je dire, trop familiers aux enfants de par chez nous qui n'ont pour ainsi dire qu'à traverser la rue, ou la route, ou à biner dans le jardin, enfin pour ceux qui savent déjà marcher ou manier la binette, n'est-ce pas, pour en voir des en vrai, des taupes, des vaches et des cochons, alors bon, à quoi bon, me suis-je donc dit, ne fabriquer que des jouets et des peluches qui leur ressemblent (à ces animaux-là, pas aux enfants bien de chez nous), enfin je ne sais pas si je me fais bien comprendre mais donc voilà, l'idée qui m'est venue, ce serait de fabriquer autre chose, quelque chose de moins familier, voyez, je vois, Ripeau, je vois, crachez-la votre Valda mon ami vous vous sentirez mieux, tout à fait, merci monsieur Delacoste, et donc je me suis dit tiens, pourquoi ne pas concevoir, j'avais pensé d'abord à un wombat mais je ne sais pas, j'ai eu un doute, ce qu'il faudrait comme animal ce serait quelque chose de quand même un petit peu plus identifiable et consensuel, n'est-ce pas, alors pourquoi pas, je ne sais pas, moi, une girafe, tiens, et je vous le dis tel que ça m'est venu, comme ça, d'un coup, paf, une girafe, la girafe dont vous n'êtes sans doute pas sans savoir, monsieur Delacoste, que le nom scientifique exact est *giraffa camelopardis* et qu'elle appartient, sans vouloir vous manquer de respect, au groupe des ruminants de la classe des mammifères ongulés artiodactyles, qu'elle vit dans les savanes africaines, principalement au Kenya, en Tanzanie, au Botswana, au Niger, en Angola, au Malawi, en Namibie, au Swaziland, en Zambie et au Zimbabwe, enfin bref un peu partout dans ce coin-là, même si paradoxalement il s'agit d'une espèce tout aussi menacée que la tortue à nez de cochon, le gecko à queue feuillue ou le dauphin de l'Irrawaddy, que son nom commun vient de l'arabe *zarāfa* mais qu'on l'appelait jadis camélopard, du latin *camelopardus*, contraction de *camelus* (chameau), en raison de son long cou, et, pardi, de *pardus* (léopard), en raison des taches qui recouvrent son corps, et que la France, cher monsieur Delacoste, ne s'est malheureusement guère intéressée à la girafe depuis celle que notre bon roi Charles X chargea le naturaliste Étienne Geoffroy Saint-Hilaire de ramener d'Égypte en 1827 alors je crois qu'il est plus que temps de réparer cette injustice et de redonner toutes ses lettres de noblesse et de popularité à cet animal dont la figuration exotique en modèle réduit serait une première sur le marché et dont la forme et la taille seraient idéales pour la préhension de bébé, enfin voilà en substance comme ça m'est venu, monsieur Delacoste, et c'est peut-être un peu idiot, j'en ai bien conscience, moi-même à vrai dire je me sens un peu bête en vous en parlant à présent, et puis d'abord pourquoi une girafe au juste eh bien ma foi je n'en sais absolument rien, je vous l'avoue, car pourquoi pas, tant qu'à faire, un hippopotame, n'est-ce pas, ou un zébu, ou un suricate, ou un ornithorynque, ou un oryx, ou un oryctérope, oui bon d'accord Rapineau, ça va, j'ai compris, vous pouvez retourner à votre poste, merci monsieur Delacoste, sur quoi Théo Rampeau retourne à son poste persuadé d'avoir fait chou blanc avec son idée de girafe saugrenue (l'idée, pas la girafe) et, pis encore, d'encourir à présent la mise à pied tant il a l'impression de s'être pris les siens dans le tapis du bureau de monsieur Delacoste et de s'être ridiculisé devant ce dernier qui non seulement avait un peu de mal semble-t-il à se rappeler notre nom ce matin mais qui n'a de fait pas accueilli non plus notre idée de girafe certes un rien saugrenue (l'idée, pas la girafe) avec le débordement d'enthousiasme qu'on avait quand même un peu escompté, voilà en tout cas ce que se dit en regagnant ce soir-là son petit pavillon en pierre meulière de la rue du Parc-aux-Oiseaux un Théo Rampeau dont la démarche accablée dans les rues blafardes d'Asnières-sur-Oise laisse deviner que son moral est allé d'un coup se loger tout au fond de ses chaussettes rouges et jaunes à petits pois et qui ne donne pas cher de son avenir au sein de la maison Delacoste, alors qu'en réalité pas du tout, c'est même tout le contraire, Pierre-François Delacoste, une fois Rampeau retourné à son poste, se mettant à réfléchir sérieusement à cette idée de girafe, y réfléchissant même tout le reste de la journée puis, une fois Rampeau retourné à son petit pavillon en pierre meulière de la rue du Parc-aux-Oiseaux, y réfléchissant encore toute la soirée, au point qu'elle continue à lui travailler les méninges toute la nuit, cette idée, si bien qu'il se les triture encore pendant tout le lendemain, ces méninges, et au final pendant toute la semaine, au terme de laquelle il va trouver Théo Rampeau à son poste qui ce vendredi-là, l'humeur toujours un peu en berne, en attendant que sonne l'heure de la débauche, est en train de confectionner non pas des girafes mais des cocottes en papier avec un vieux numéro du *Canard du Val-d'Oise* dans lequel Bernadette lui a emballé ce matin son en-cas du midi et il lui pose, Delacoste, à Rampeau, une main patronne sur l'épaule et Théo tressaille alors, il frémit, pris en flagrant délit de cocotte en papier et ça y est, c'est sûr, monsieur Delacoste va le mettre à la porte et comment va-t-on maintenant payer les traites du petit pavillon en pierre meulière de la rue du Parc-aux-Oiseaux mais pas du tout, c'est même tout le contraire, monsieur Delacoste ayant l'air d'humeur singulièrement sémillante aujourd'hui, allant même, chose rare, jusqu'à lui adresser un grand sourire, à Rampeau, avant de l'inviter à passer dans son bureau, venez mon petit Ripochon, on a des choses à se dire, ça alors, et alors ils y vont, ils passent dans le bureau de Delacoste et aux choses sérieuses et c'est parti, la légende est en marche, plus rien ne peut l'arrêter et la funeste issue est dorénavant en ligne de mire, inévitable, mais mollo Fangio, pas si vite, il faut encore et d'abord franchir quelques étapes fastidieuses mais indispensables, car comme dit le proverbe kenyan on ne fait pas d'ugali sans concasser du pois chiche, et donc plans, esquisses, commande de matière première et acheminement d'icelle depuis les confins forestiers de la Malaisie, façonnage des moules, prototypes, tentatives, échecs, ajustements, nouvelles tentatives, nouveaux prototypes, réunions de stratégie marketing, réunions d'objectifs commerciaux, rotomoulage, brevetage et enfin champagne car bon an mal an on en arrive ainsi au 25 mai 1961, or on connaît son éphéméride, on sait bien que le 25 mai on fête les Sophie et on ne sera donc pas surpris que tel soit le prénom qu'on va donner au nouveau jouet sortant ce jour-là pour la première fois des usines Delacoste, une girafe, donc, en caoutchouc naturel, de dix-huit centimètres de hauteur, tachetée au pochoir de noir et de marron, creuse, avec un sifflet produisant un couinement caractéristique, destinée au nourrisson de quelques mois dont elle éveille et ravit tous les sens, et ça n'a l'air de rien comme ça mais on aurait tort de sous-estimer l'importance de l'événement, car c'est peut-être un petit pas pour la girafe mais c'est l'amorce d'un bond spectaculaire en revanche pour la maison Delacoste, qu'on en juge en songeant simplement qu'entre le 25 mai 1961 et le moment où vous lisez ces lignes il s'est vendu dans le monde entier plus de cinquante millions d'exemplaires de ce niaiseux morceau de caoutchouc rotomoulé dont le couinant petit pet ventral a donc déjà tapé sur les nerfs d'au moins trois générations de jeunes parents sans que jamais sa popularité se démente, même après que le magazine de consommateurs allemand *Öko-Test* a émis en 2011 des doutes quant à l'innocuité supposée des précurseurs de nitrosamines qu'il contient et dont il serait susceptible de contaminer l'abondante salive de nos baveux bambins, et même après qu'une mère de famille du Wisconsin, alertée six ans plus tard par une drôle d'odeur en provenance de la girafe en latex sur laquelle son fils âgé de six mois se faisait les gencives et les dents en vue de préparer ces dernières à malaxer de la malbouffe pendant les sept ou huit décennies à venir, a sans ménagement éventré la pauvre bête, sous les yeux horrifiés du chiard en question qui purge aujourd'hui sa peine incompressible de 237 ans de réclusion criminelle en fabriquant des bagues à gobelet anti ébouillantage en bambou recyclable à l'atelier Artisanat & Écoresponsabilité du pénitencier fédéral de Morgantown en Virginie-Occidentale, et qu'elle a trouvé à l'intérieur de son lisse petit bidon caoutchouteux (celui de la girafe, pas du chiard) des traces de moisissure et de caca d'enfant, mais je rassure tout de suite ceux qui s'offusqueraient, à juste titre, de ce qu'on ose ainsi prétendre souiller impunément la mémoire et la réputation de la maison Delacoste, laquelle a été rachetée entre-temps par la société Vulli qui a maintenu la production en région parisienne avant de la délocaliser en 1991 à Rumilly en Haute-Savoie puis de fermer deux ans plus tard le site historique d'Asnières-sur-Oise, dans le Val-d'Oise, mais qui, ayant toujours placé la qualité de ses produits au cœur de ses préoccupations et n'obéissant qu'à une seule devise, le meilleur pour nos consommateurs, respecte scrupuleusement la législation européenne et mondiale en vigueur afin de proposer à tous ses clients un niveau d'exigence maximal, tout en gardant il est vrai jalousement les secrets de fabrication de ce jouet phénomène parce qu'on parle quand même d'un chiffre d'affaires annuel consolidé qui n'a plus grand-chose à voir avec des clous ou des compas, qu'on se rassure, donc, Sophie et ses créateurs furent rapidement blanchis de tout soupçon puisqu'il fut prouvé sans la moindre contestation possible que le vrai coupable dans cette trouble affaire de chancissure abdominale n'était autre que la procédurière mère de famille américaine elle-même qui avait commis l'imprudence de laisser trop souvent la girafe mariner dans les eaux usagées du bain après y avoir fait tremper son petit merdeux, mais ne nous égarons pas, surtout du côté du Wisconsin où je crains fort (quoiqu'il eût sans doute été instructif autant que plaisant de s'attarder un moment sur ce champêtre État du Midwest dont nul n'ignore qu'il a pour emblème le blaireau) qu'on aurait vite fait de se perdre en effet, avec ses quelque 170 millions de kilomètres carrés, soit une superficie équivalente à celle du Suriname (qu'on a souvent du mal à localiser sur un planisphère et tendance à confondre avec le surimi, ceci expliquant d'ailleurs peut-être cela, mais ne nous égarons pas de ce côté-là non plus), alors que Bar-le-Duc, pour prendre un exemple au hasard, n'en compte que vingt-trois, de kilomètres carrés, ce qui peut paraître risible en comparaison mais songez que ça en fait toujours vingt et un de plus que le IXe arrondissement de Paris, où le blaireau n'est pas rare non plus même si là n'est pas la question, restez concentrés je vous prie, la question étant de mettre dorénavant le cap, et de n'en plus dévier, sur ce IXe arrondissement, justement, où, sans vouloir être vulgaire, nous sentons bien que tout converge, ce qui devrait nous permettre, si nous tenons bon la barre, d'atteindre enfin le fin mot de cette histoire de girafe en caoutchouc, car, parmi les plus de cinquante millions d'exemplaires dudit bidule écoulés entre le 25 mai 1961 et le moment où je vous félicite de continuer à lire ces lignes, il en est un à présent qui nous intéresse tout particulièrement, à savoir celui qu'un jeune père de famille, résidant au numéro 37 de la rue de Trévise, Paris IXe, donc, juste après la papeterie, va oublier par mégarde, le matin du lundi 2 septembre 2002, au moment de quitter l'appartement situé au quatrième étage à gauche en sortant de l'ascenseur pour emmener sa petite fille âgée de dix mois (Lili) à la Maison Kangourou qu'elle va découvrir pour la première fois, 32 rue des Petites-Écuries, Paris Xe, c'est donc un jour spécial, un jour important, c'est la rentrée, c'est son premier jour de crèche et donc le nôtre aussi d'une certaine manière et on est donc un peu dans tous ses états, les jeunes parents n'ont pas beaucoup dormi cette nuit, ils nourrissent quelque appréhension à l'idée de laisser Lili toute seule pendant toute une journée pour la première fois, enfin toute seule non bien sûr, il y a le personnel de la Maison Kangourou, la directrice, les auxiliaires de crèche, les auxiliaires de puériculture, les puéricultrices, tous ces gens charmants, compétents, dévoués à la cause de la petite enfance, dont le nom n'apparaît à aucun moment dans le fichier judiciaire automatisé des auteurs d'infractions sexuelles et pédophiles et qui vont bien s'occuper d'elle, qu'on a rencontrés déjà plusieurs fois et qui nous ont bien rassurés, hein ma chérie qu'elles vont bien s'occuper de toi les gentilles dames pas pédophiles, mais bon, quand même, on a un peu la boule au ventre et de belles poches lourdes et violettes sous les yeux, et puis Lili est mal lunée ce matin, elle aussi a rechigné à sortir de son berceau évolutif norvégien Stokke® Sleepi™ vert tilleul à 699 euros toutes taxes comprises et il semblerait en outre qu'elle préfère à cet instant précis s'enfoncer dans le conduit auditif plutôt que dans la bouche la tétine à trois vitesses de son biberon MAM® EasyStart™ anti-colique 320 ml Nature Safari rempli de 240 ml de lait de suite biologique Hipp 2 Combiotic® riche en ferments lactiques naturels et en acides gras polyinsaturés à longue chaîne favorisant le bon développement cérébral et nerveux de bébé mais putain où est-ce que j'ai encore foutu mes clés et merde, chérie viens m'aider je crois que Lili a chié sur sa chaise haute norvégienne Stokke® Tripp-Trapp® bleu aqua à 199 euros toutes taxes comprises, eh bah démerde-toi mon amour qu'est-ce que tu veux que je te dise, O.K. merci beaucoup, bon Lili ça suffit maintenant arrête, papa n'est pas content, papa va faire les gros yeux, papa va être en retard à son travail si tu continues à essayer de mettre tes orteils dans ton nez, ah et merde putain y en a partout, chérie viens m'aider bordel, démerde-toi mon amour, O.K., bon allez Lili on y va maintenant, papa en a un peu plein le dos là tu vois, papa est fatigué et papa va finir dans la première brouette du plan social que je suis sûr qu'ils sont en train de nous mitonner en douce ces enfoirés si tu continues avec tes conneries ma chérie, mais enfin ça va pas de parler comme ça devant la petite, allez viens ma puce viens voir maman, ben voyons mais oui c'est ça va voir maman et merde où est-ce que j'ai encore foutu mon portable, bon allez tant pis on y va, viens ma louloute viens voir papa, à ce soir mon amour et hop, on y va, Lili braillant et débraillée dans son petit manteau rouge à capuche mal boutonné mais fermement installée et sanglée maintenant au fond de sa poussette citadine compacte norvégienne Stokke® Xplory® 6 rose lotus, sac à dos Mimi Cracra *check*, vêtements de rechange *check*, totote *check* et c'est parti ma Lili, sauf que bien sûr, comme de par hasard, l'ascenseur est encore en panne, putain mais c'est pas croyable quand je pense à toutes les charges qu'on paye, c'est un monde je te jure et merde, v'là autre chose, ah si je tenais l'empaffé de bouffeur de saumon fumé qui m'a dizaïné cette putain de poussette à la con, ergonomique mon cul oui, comment ça se plie déjà cette saloperie, bon allez tant pis, accroche-toi Lili, on va descendre l'escalier en roulant tu vas voir ça va être marrant, enfin c'est donc un grand jour et oui, on l'admet bien volontiers, on est un peu fébrile en effet mais c'est bon, ça y est, nous voici dans la rue, on y est arrivé, sans rien de cassé, et avec un peu de chance on ne devrait même pas être en retard, enfin si Lili veut bien arrêter de taper des pieds dans sa poussette à 999 euros toutes taxes comprises, merde à la fin, et maintenant tiens, ben voyons, la petite vieille de service avec son déambulateur qui marche à deux à l'heure et qui prend toute la place sur le trottoir, c'est pour qui c'est pour bibi, tu penses, c'est cadeau ça fait plaisir, putain mais vas-y avance bordel, magne-toi le cul, bouge-les un peu tes varices, barre-toi la vioque, dégage, tire-toi, va prendre le bus avec les autres fossiles de ton espèce plutôt que d'emmerder le monde à frotter de la charentaise sur la voie publique, y en a qu'ont des gosses et qui bossent, merde quoi, y a des gens encore actifs dans la société figure-toi vieille conne alors bon, oui, d'accord, on est encore un tout petit peu nerveux, on se laisse un tout petit peu emporter mais pas de panique, ça va aller, on va y arriver, c'est bon, on n'a qu'à changer de trottoir et laisser Marie-Jo Pérec finir tranquille son sprint dans sa ligne, pas de problème, ça va nous rallonger de quoi, quelques mètres, quelques secondes à peine, pas la fin du monde, on s'en serait passé mais ça va, ça va aller, et les autres connards qui se sont garés cul à cul, là, tu crois qu'ils me les auraient laissés les trente centimètres entre les pare-chocs de leurs grosses bagnoles de gros cons pour que je puisse faire passer ma putain de citadine compacte à mille balles, ben tiens, je t'en fous, bande de connards, mais on se calme, on respire un bon coup, on donne un petit coup de poignet pour faire pivoter la compacte citadine à un angle de quarante-cinq degrés afin de se placer en position optimale pour attaquer la traversée de la rue de Trévise vers le trottoir d'en face, mais c'est alors qu'une voix derrière nous et en hauteur nous hèle, alors on s'arrête, quoi encore, on tourne la tête, on la lève, on balaie du regard le ciel mais non bien sûr, la voix ne vient pas de si haut, là-haut il n'y a que des nuages, qui passent, alors on baisse un peu les yeux et ça y est, on a compris, c'est la maman de Lili, qui est sortie sur le balcon de l'appartement et qui agite maintenant frénétiquement les bras comme un contrôleur aérien au sol sur le tarmac de Roissy en train d'écouter les Village People à fond les gilets réflecteurs dans son casque antibruit mais putain qu'est-ce qu'elle fout encore, on va vraiment finir à la bourre si personne y met du sien et on est à ça de perdre son sang-froid pour de bon quand soudain on comprend ce qu'elle essaie de nous faire comprendre, la mère de Lili, en avisant, brandi dans sa main droite comme une torche de détresse triomphale sur la ligne d'arrivée de la Solitaire du Figaro, un machin qui ressemble vaguement à une espèce d'animal, en caoutchouc, d'approximativement dix-huit centimètres de hauteur je dirais, blanc avec des petites taches brunes et un long cou et un sourire à la con, une girafe, ah oui, tiens, la girafe – la girafe ! crie Solène, t'as oublié la girafe de Lili ! –, et, en attendant de savoir comment va se terminer cette palpitante histoire de girafe oubliée, je pense que le moment est venu pour nous de prendre une fois de plus un peu de recul, ou d'avance, c'est selon – en faisant bien attention quand même, hein, parce que bon, si tu avances quand je recule, on n'est pas sortis de l'auberge –, et de rejoindre sans plus tarder le bas de la rue de Trévise, ou le haut, je ne sais jamais, en tout cas au croisement de la rue Richer, pour dire quelques mots rapides comme promis d'Albert Bouchardin, Albert Bouchardin dont on commencera par dire que lui non plus n'a pas très bien dormi cette nuit, Albert Bouchardin qui n'a même quasi pas fermé l'œil de la nuit, parce qu'on n'imagine pas comme ça mais ce n'est pas évident de trouver le sommeil dans les 217 centimètres de large et 171 de hauteur sous plafond de la cabine-couchette Globetrotter XXL d'un camion-porteur Volvo FH16 tractant une charge utile d'un poids total roulant autorisé de trente-deux tonnes, la charge utile en question étant constituée de trente-deux tonnes, donc, de rillettes de thon jaune en conserve, soit 200 000 putains de boîtes de conserve de rillettes à la con qu'on est allé charger sur les quais du pimpant port de plaisance d'Etukrunni qui se trouve dans un pays qui s'appelle la Finlande, c'est-à-dire au fin fond du trou du cul du golfe de Botnie, après quoi il a fallu se taper en sens inverse les 2 894 kilomètres qu'on s'était déjà tapés à l'aller et qui séparent Etukrunni de la rue Richer à Paris IXe, soit pas loin de quarante-six heures passées derrière le volant de ce putain de Volvo FH16 que t'as pas le droit de pousser à plus de quatre-vingts sur l'autoroute en comptant les pauses diesel-pipi-café-clope, les pauses-manger et les pauses-dodo que t'es obligé de respecter en t'arrêtant toutes les 300 bornes sur une aire de repos au beau milieu de nulle part comme par exemple la grande banlieue de Skånes Fagerhult sur l'autoroute E4 qui se trouve dans un pays qui s'appelle la Suède, entre Strömsnäsbruk et Örkelljunga pour vous situer le décor, si vous connaissez un peu le coin, pauses-dodo qu'il s'agit d'ailleurs pas de déconner avec, parce que si tu déconnes avec, si tu t'arrêtes pas, si tu mégotes sur le zèle pour torcher le job et rentrer dare-dare retrouver bobonne et ton plumard, y a une saloperie de chronotachygraphe sous le capot de ton putain de Volvo FH16 qui te moucharde illico au patron que lui, pendant que toi tu te gèles les châtaignes au fin fond du sphincter de la Scandinavie, il est en train de se griller pépère les marrons dans son petit bureau bien confort d'Épinay-Champlâtreux dans le 95 et là mon vieux, laisse-moi te dire, le patron, si y voit que tu t'es pas arrêté faire dodo comme t'aurais dû sur l'aire de repos de la grande banlieue de Skånes Fagerhult pendant minimum les six heures requises, eh bah t'es bon pour te prendre plein pot le malus du chauffeur, donc oui, en effet, on n'imagine pas mais on commence tout de même à se faire une petite idée des difficultés auxquelles se heurte un Albert Bouchardin quand il essaie de piquer un roupillon dans de telles conditions de travail, et du coup on commence à comprendre aussi qu'Albert Bouchardin, en ce matin du lundi 2 septembre 2002, quand il arrive enfin en vue de la rue Richer à bord de son vaillant Volvo FH16 après avoir traversé Värnamo, Vordingborg, Heiligenhafen, Osnabrück, Duisbourg, Maastricht, Namur, Charleroi et puis enfin Compiègne dans la grande banlieue de quoi on s'est arrêté une dernière fois, sur l'aire de Ressons-Est, pour faire pleurer Mirza et casser rapidos une petite croûte, en l'occurrence une andouillette-purée d'ailleurs pas mal du tout, avant d'aborder le périph une fois passée la porte de la Chapelle où évidemment ça a encore bouchonné pire que dans un cubi de Boulaouane, eh bien il n'a plus exactement les yeux en face des trous, Albert Bouchardin, Albert Bouchardin dont il faut dire aussi qu'il traverse par-dessus le marché une période un peu compliquée en ce moment parce que c'est pas vraiment la lune de miel aux Bahamas ces derniers temps avec Mireille qu'a encore piqué une gueulante hier soir, enfin non pas hier soir vu qu'hier soir on n'était pas là, hier soir on était plutôt du côté de Buchholz in der Nordheide, voyez, enfin bon un soir en tout cas, y a pas longtemps, la dernière fois qu'on l'a vue avant de partir tailler la route, Mireille, laquelle était ronde comme une queue de loutre ce soir-là, comme tous les soirs tu me diras, et qui soit dit en passant ne taille plus grand-chose depuis un bail, elle, enfin bref, passons, même si bon, faut avouer, soi-même aussi on avait le toboggan sévèrement graissé ce soir-là, enfin tout ça pour dire que ça ne s'est pas très bien passé, il a été question d'argent, comme à chaque fois, et de machine à laver, de poubelle à descendre, de lunette de chiotte à relever et aussi de Machinette à qui on t'a encore vu faire du gringue l'autre jour au Balto avec tes baltringues de coéquipiers du Club des amateurs du coude levé, vas-y ose, ose dire le contraire, ose un peu pour voir, et puis il a été question encore de tout un tas d'autres sujets de discorde métaphysiques qui remuent le ménage de Mireille et Albert depuis oh, pas loin de trente piges maintenant, et du coup on commence à comprendre qu'en plus d'être claqué comme le dernier des biffetons Albert Bouchardin est soucieux et contrarié, Albert Bouchardin qui du reste, Mireille n'a pas tout à fait tort pour le coup, faut avouer, a également quelques problèmes de trésorerie en ce moment, qui ajoutent encore au souci et à la contrariété, et du coup on commence vraiment à comprendre très très bien pourquoi Albert Bouchardin, en ce matin du lundi 2 septembre 2002, quand il arrive enfin en vue de la rue Richer à bord de son Volvo FH16 en bout de course, eh bien lui aussi il se sent un peu comme ça, à bout de souffle, au bout du rouleau, cuit comme une pomme, crevé comme un pneu, soucieux, contrarié, puant le diesel et la rillette de thon et assailli à présent par des relents gastriques à cause de cette saloperie d'andouillette et à cause de Machinette qui lui a encore laissé trois messages sur son portable alors qu'il était en train d'essayer de faire la sieste quelque part du côté de la grande banlieue de Klevshult et tu vas voir qu'elle va finir par me faire choper cette morue avec ses messages à la con, messages que tiens d'ailleurs, ça me fait penser, vaudrait mieux que je les efface tout de suite parce que sinon je vais oublier et je te prie de croire que Mireille, mon portable, elle va pas se gêner pour aller fouiller dedans, pire qu'un chronotachygraphe, Mireille, sûr que je vais me faire pincer sur ce coup-là si je les efface pas tout de suite alors hop, à peine a-t-on effectué la délicate manœuvre consistant à faire bifurquer un trente-deux-tonnes gavé jusqu'aux jantes de thon jaune dans la rue de Trévise qu'on a failli louper avec toutes ces conneries, la route, la fatigue et les soucis, manœuvre qu'on a d'ailleurs négociée comme un chef, sans le moindre accroc, bien joué Albert, c'est toujours toi le meilleur, et à peine a-t-on redonné un petit coup d'accélérateur pour faire repartir à l'attaque le Volvo FH16 maintenant aligné bien droit dans la rue de Trévise qu'on tend le bras, sans s'arrêter de rouler, pour attraper le fameux portable contenant les fameux messages à la con de Machinette ainsi que deux trois photos que je vais en profiter pour effacer aussi, tiens, portable qui se trouve rangé dans la boîte à gants, laquelle, dans un Volvo FH16, forcément, vu le gabarit, se trouve elle-même située à une certaine distance du conducteur, contraignant celui-ci à effectuer une nouvelle manœuvre, moins spectaculaire peut-être, plus intérieure pour ainsi dire, mais pas moins acrobatique, consistant à se pencher et à s'étirer suffisamment loin vers la droite et le bas pour ouvrir ladite boîte à gants tout en gardant la main gauche sur le volant et les deux yeux sur la route mais inévitablement il y a un moment où, une fraction de seconde qui, et inévitablement c'est à ce moment-là, pendant cette fraction de seconde-là, que le jeune père de famille, qu'on avait laissé tout à l'heure, rappelez-vous, debout sur le trottoir de la rue de Trévise, à la hauteur du restaurant

Muqam, au numéro 17, où l'on peut après le spectacle déguster quelques grands classiques de la cuisine ouïgour, *qorma chop, toho qordaq* et autres *qorma gurush*, dans un cadre sobre et traditionnel pour une expérience d'intense immersion culinaire cosmopolite, gourmande et solidaire, ouvert du lundi au dimanche de 18 heures 30 à 23 heures, que le jeune père de famille, donc, hélé par la maman de Lili qui du haut du balcon brandit toujours la girafe que celui-ci, le jeune père de famille, a oubliée par mégarde dans la précipitation et la légère fébrilité de cette journée un peu particulière, or il est hors de question que Lili la passe sans sa girafe qu'elle adore, cette première journée toute seule à la crèche, c'est à ce moment-là, donc, que le jeune père de famille, tournant et levant la tête pour dire à Solène c'est bon, ça va, j'ai compris, j'arrive, pas la peine d'ameuter tout le quartier, laisse la Stokke® Xplory® 6 rose lotus lui échapper des mains, laquelle Stokke® Xplory® 6 rose lotus, propulsée en avant par Lili qui continue de battre furieusement des pieds en l'air, franchit le trottoir et se faufile, comme quoi finalement il y avait la place, tout juste, entre les deux bagnoles garées cul à cul puis commence, dans son élan, à traverser lentement la chaussée, lentement, très lentement, mais pas assez lentement quand même pour que le jeune père de famille (s'étant brusquement retourné après avoir entendu le grand cri bref et soudain que la maman de Lili a poussé depuis le balcon d'où elle a une vue imprenable sur la scène horrifique qui, ne me dites pas que vous ne l'avez pas vue venir, va se dérouler d'ici quelques millièmes de seconde, suivi de très près par le bruit assourdissant du klaxon du camion-porteur Volvo FH16 qu'Albert Bouchardin a écrasé des deux mains) parvienne à la rattraper, après quoi, si on veut bien me repasser une dernière fois l'ellipse, tout le quartier, de fait ameuté, va s'attrouper en cercle autour du point d'impact entre la calandre du camion et la poussette citadine compactée dont ni de l'une ni de l'autre il ne reste grand-chose, un atoll de débris fumants, constellé de boîtes de conserve qui se sont déversées du camion d'Albert Bouchardin couché sur le flanc et sur le toit des bagnoles garées cul à cul le long du trottoir de la rue de Trévise, un archipel de tôle froissée, de lambeaux de toile rose lotus, de bris de verre et de miettes de thon jaune (et aussi, bizarrement, de petits confettis de couleur mauve, qui pourraient tout à fait provenir d'une enveloppe à fermeture japonaise, à soufflet et rabat double pli, format 229 × 324 × 25 mm, ne présentant aucune inscription hormis une discrète estampille à l'encre noire, dans le coin en haut à gauche, composée d'un monogramme

– PAF – à l'intérieur d'un cercle, mais rien n'est moins sûr, ce pourrait être aussi bien tout autre chose, allez savoir), bref un formidable capharnaüm flottant dans une flaque d'huile de moteur au centre de quoi est à présent assis le jeune père de famille, que tout le monde aura reconnu j'imagine, qu'on voit à cet instant serrer très fort contre sa poitrine un petit manteau rouge à capuche et dont le hurlement inhumain couvre le bruit du camion, non pas celui d'Albert Bouchardin car le camion d'Albert Bouchardin ne fait plus aucun bruit désormais, et Albert Bouchardin non plus, mais celui des pompiers qui arrivent, qui arrivent, mais trop tard, et qui, quand ils arriveront, n'auront plus qu'à draper les épaules de cet homme, qui soudain n'est plus père de famille, et qui continue de hurler, d'une couverture de survie imperméable, indéchirable, imputrescible et isotherme dont le revêtement doré chatoie un instant en crissant sous les rayons matinaux d'un soleil qui s'en va bien vite, rougissant de honte, se cacher derrière un nuage qui passe, tout là-haut dans le ciel, tandis que Frédéric Berthet, à terre, hagard, et muet à présent, parce qu'il n'y a plus rien à dire, ni à faire, et qu'il n'a même plus la force de hurler, se laisse relever puis guider à l'intérieur du camion des pompiers, serrant très fort dans sa main, sans même s'en rendre compte, un objet que Solène, sans même s'en rendre compte elle non plus, lui a lancé depuis le balcon, par réflexe, dans un sursaut, au moment où le bruit, tout ce bruit, un petit objet qu'on connaît bien, un objet familier, un objet conçu pour éveiller et ravir tous les sens des enfants, un jouet, en caoutchouc, de forme animale, avec un long cou, qui produit un son amusant quand on appuie dessus, et qui sourit, qui sourit bêtement, comme s'il y avait de quoi sourire, comme si la vie méritait d'être vécue, alors que bon, franchement ?

DU MÊME AUTEUR

Le Petit Garçon sur la plage
roman, Verdier, 2017

En face
roman, Flammarion, 2014
(Livre de Poche, n° 34 248)

Manhattan Volcano
récit, Les Belles Lettres, 2013

ON ACHÈVE BIEN D'IMPRIMER

Ce texte a été composé avec amour et l'aide du Palemonas Mufi, police de caractères lituanienne nommée d'après Palémon, ancêtre romain renégat et légendaire des premiers grands ducs lituaniens. Déjà bien pourvue en signes diacritiques, dont le lituanien est il faut le dire assez friand, cette typographie a encore été enrichie en 2012 par Vladas Tumanosis, du côté de Vilnius, afin de faciliter l'édition de textes de philologie médiévale. Cette ambitieuse version a été baptisée Palemonas Mufi en acronymique hommage au Medieval Unicode Font Initiative, évidemment. Fort de ces certitudes, et du Baskerville en police adjuvante, nous avons apporté les ultimes corrections au roman en ce beau mois de février 2021, puis envoyé le tout à notre imprimeur, un Normand qui, s'il s'y connaît plus en pommes qu'en groseilles, fait surtout son miel avec des mots. Il a passé notre récolte à l'alambic de ses machines et nous a distillé la petite merveille que voilà.

Merci à lui.

DÉPÔT LÉGAL
Septembre 2021

NUMÉRO IMPRIMEUR
21090128

ISBN
978-2-37055-279-2